Best Time

白马时光

这个世界之所以美满，
就在有缺陷，
就在有希望的机会，有想象的田地。

在立身处世的任何方面，
贪懒取巧都不会有大成就，
要有大成就，必定朝抵抗力最大的路径走。

世界上最快活的人不仅是最活动的人，
也是最能领略的人。
所谓领略，就是能在生活中寻出趣味。

从草木虫鱼的生活，我觉得一个经验。
我不在生活以外别求生活方法，
不在生活以外别求生活目的。

读书并不在多，
最重要的是选得精，读得彻底。

人为万物之灵，
就在他有心灵或精神生活。
所以测量人的成就并不在他能否谋温饱，
而在他有无丰富的精神生活。

人好比一棵花草，
要根茎枝叶花实都得到平均的和谐的发展，
才长得繁茂有生气。

人生本来就是一种较广义的艺术。
每个人的生命史就是他自己的作品。

像草木虫鱼一样生活

朱光潜 著

百花洲文艺出版社
BAIHUAZHOU LITERATURE AND ART PRESS

图书在版编目（CIP）数据

像草木虫鱼一样生活 / 朱光潜著 . — 南昌 : 百花洲文艺出版社 , 2022.6
ISBN 978-7-5500-4706-8

Ⅰ . ①像… Ⅱ . ①朱… Ⅲ . ①散文集—中国—当代 Ⅳ . ① I267

中国版本图书馆 CIP 数据核字（2022）第 069844 号

像草木虫鱼一样生活

XIANG CAO MU CHONG YU YIYANG SHENGHUO

朱光潜 著

出 版 人 章华荣
出 品 人 李国靖
特约监制 朱 敬
责任编辑 刘 云
特约策划 樊新乐
特约编辑 周 余
营销编辑 萧 关
封面设计 安 宁
版式设计 彭 娟
封面插图 张乐陆
内文插图 李知弥
出版发行 百花洲文艺出版社
社 址 南昌市红谷滩区世贸路 898 号博能中心Ⅰ期 A 座 20 楼
邮 编 330038
经 销 全国新华书店
印 刷 三河市金元印装有限公司
开 本 880mm × 1230mm 1/32
印 张 8.25
字 数 170 千字
版 次 2022 年 6 月第 1 版
印 次 2022 年 6 月第 1 次印刷
书 号 ISBN 978-7-5500-4706-8
定 价 49.80 元

赣版权登字：05-2022-69

发行电话 0791-86895108 网 址 http://www.bhzwy.com
图书若有印装错误，影响阅读，可向承印厂联系调换。

目录

▶▸ 辑一

像草木虫鱼一样生活

你如果问我，人们应该如何生活才好呢？
我说，就顺着自然所给的本性生活着，
像草木虫鱼一样。

▶▸ 辑二

此身 此时 此地

生命就是一种奋斗。

不能奋斗，就失去生命的意义与价值；

能奋斗，则世间很少不能征服的困难。

▶▸ 辑三

谈读书与修养

人生来就有真善美的需要，

真善美具备，人生才完美。

▶▸ 辑四

生命本该如此

人生最要紧的事是“明”，是“觉”，
是佛家所说的“大圆镜智”。

辑一

像草木虫鱼一样生活

你如果问我，
人们应该如何生活才好呢？
我说，
就顺着自然所给的本性生活着，
像草木虫鱼一样。

谈人生与我

朋友：

我写了许多信，还没有郑重其事地谈到人生问题，这是一则因为这个问题实在谈滥了，一则也因为我看这个问题并不如一般人看得那样重要。在这最后一封信里我所以提出这个滥题来讨论者，并不是要说出什么一番大道理，不过把我自己平时几种对于人生的态度随便拿来做一次谈料。

我有两种看待人生的方法。在第一种方法里，我把我自己摆在前台，和世界一切人和物在一块玩把戏；在第二种方法里，我把我自己摆在后台，袖手看旁人在那儿装腔作势。

站在前台时，我把我自己看得和旁人一样，不但和旁人一样，并且和鸟兽虫鱼诸物也都一样。人类比其他物类痛苦，就因为人类把自己看得比其他物类重要。人类中有一部分人比其余的人苦痛，就因为这一部分人把自己比其余的人看得重要。比方穿衣吃饭是多么简单的事，然而在这个世界里居然成为一个极重要的问题，就因为有一部分人要亏人自肥。再比方生死，这又是多么简单的事，无量数人和无量数物都已生过来死过去了。一个小虫让车轮压死了，或者一朵鲜花让狂风吹落了，在虫和花自己都决不值得计较或留恋，而在人类则生老病死以后偏要加上一个苦字。这无非是因为人们希望造物主宰待他们自己应该比草木虫鱼特别优厚。

因为如此着想，我把自己看作草木虫鱼的侪辈，草木虫鱼在和风甘露中是那样活着，在炎暑寒冬中也还是那样活着。像庄子所说，它们“诱然皆生，而不知其所以生；同焉皆得，而不知其所以得”。它们时而戾天跃渊，欣欣向荣；时而含葩敛翅，晏然蛰处，都顺着自然所赋予的那一副本性。它们决不计较生活应该是如何，决不追究生活是为着什么，也决不埋怨上天待它们特薄，把它们供人类宰割凌虐。在它们说，生活自身就是方法，生活自身也就是目的。

从草木虫鱼的生活，我觉得一个经验。我不在生活以外别求生活方法，不在生活以外别求生活目的。世间少我一个，多我一个，或者我时而幸运，时而受灾祸侵逼，我以为这都无伤天地之和。你如果问我，人们应该如何生活才好呢？我说，就顺着自然所给的本性生活着，像草木虫鱼一样。你如果问我，人们生活在这幻变无常的世相中究竟为着什么？我说，生活就是为着生活，别无其他目的。你如果向我埋怨天公说，人生是多么苦恼呵！我说，人们并非生在这个世界来享幸福的，所以那并不算奇怪。

这并不是一种颓废的人生观。你如果说我的话带有颓废的色彩，我请你在春天到百花齐放的园子里去，看看蝴蝶飞，听听鸟儿鸣，然后再回到十字街头，仔细瞧瞧人们的面孔，你看谁是活泼，谁是颓废？请你在冬天积雪凝寒的时候，看看雪压的松树，看着站在冰上的鸥和游在水中的鱼，然后再回头看看遇苦便叫的那“万物之灵”，你以为谁比较能耐苦持恒呢？

我拿人比禽兽，有人也许目为异端邪说。其实我如果要援引“经典”，称道孔孟以辩护我的见解，也并不是难事。孔子所谓“知命”，孟子所谓“尽性”，庄子所谓“齐物”，宋儒所谓“廓然大公，物来顺应”，和希腊廊下派哲学，我都可以引申成一篇经义文，做我的护身符。然而我觉得这大可不必。我虽不把自己比旁人看得重要，我也不把自己看得比旁人分外低能，如果我的理由是理由，就不用仗先圣先贤的声威。

以上是我站在前台对于人生的态度。但是我平时很欢喜站在后台看人生。许多人把人生看作只有善恶分别的，所以他们的态度不是留恋，就是厌恶。我站在后台时把人和物也一律看待，我看西施、嫫母、秦桧、岳飞也和我看八哥、鹦鹉、甘草、黄连一样，我看匠人盖屋也和我看鸟鹊营巢、蚂蚁打洞一样，我看战争也和我看斗鸡一样，我看恋爱也和我看雄蜻蜓追雌蜻蜓一样。因此，是非善恶对我都无意义，我只觉得对着这些纷纭扰攘的人和物，好比看图画，好比看小说，件件都很有趣味。

这些有趣味的人和物之中自然也有一个分别：有些有趣味，是因为它们带有很浓厚的喜剧成分；有些有趣味，是因为它们带有很深刻的悲剧成分。

我有时看到人生的喜剧。前天遇见一个小外交官，他的上下巴都光光如也，和人说话时却常常用大拇指和食指在腮旁捻一捻，像有胡须似的。他们说这是官气，我看到这种举动比看诙谐画还更有趣味。许多年前一位同事常常很气忿的向人说：“如果我是一个女子，我至少已接得一尺厚的求婚书了！”偏偏他不是女子，这已经是喜剧；何况他又麻又丑，纵然他幸而为女子，也决不会有求婚书的麻烦，而他却以此沾沾自喜，这总算得喜剧之喜剧了。这件事和英国文学家哥尔德斯密斯的一段逸事一样有趣。他有一次陪几个女子在荷兰某一个桥上散步，看见桥上行人个个都注意他同行的女子，而没有一个睬他自己，便板起面孔很气忿地说：“哼，在别地方也有人这样看我咧！”如此等类的事，我天天都见得着。在闲静寂寞的时候，我把这一类的小小事件从记忆中召回来，寻思玩味，觉得比抽烟饮茶还更有味。老实说，假如这个世界中没有曹雪芹所描写的刘姥姥，没有吴敬梓所描写的严贡生，没有莫里哀所描写的达尔杜弗和阿尔巴贡，生命更不值得留恋了。我感谢刘姥姥、严贡生一流人物，更甚于我感谢钱塘的潮和匡庐的瀑。

其次，人生的悲剧尤其能使我惊心动魄；许多人因为人生多悲剧而悲观厌世，我却以为人生有价值正因其有悲剧。我在几年前做的《无言之美》里曾说明这个道理，现在引一段来：

> 我们所居的世界是最完美的，就因为它是最不完美的。这话表面看去，不通已极，但是实在含有至理。假如世界是完美的，人类所过的生活——比好一点，是神仙的生活，比坏一点，就是猪的生活——便呆板单调已极，因为倘若件件事都尽美尽善了，自然没有希望发生，更没有努力奋斗的必要。人生最可乐的就是活动所生的感觉，就是奋斗成功而得的快慰。世界既完美，我们如何能尝创造成功的快慰？这个世界之所以美满，就在有缺陷，就在有希望的机会，有想象的田地。换句话说，世界有缺陷，可能性才大。

这个道理李石岑先生在《一般》三卷三号所发表的《缺陷论》里也说得很透辟。悲剧也就是人生一种缺陷。它好比洪涛巨浪，令人在平凡中见出庄严，在黑暗中见出光彩。假如荆轲真正刺中秦始皇，林黛玉真正嫁了贾宝玉，也不过闹个平凡收场，哪得叫千载以后的人唏嘘赞叹？以李太白那样天才，偏要和江淹戏弄笔墨，做了一篇《拟恨赋》，和《上韩荆州书》一样庸俗无味。毛声山评《琵琶记》，说他有意要做“补天石”传奇十种，把古今几件悲剧都改个快活收场，他没有实行，总算是一件幸事。人生本来要有悲剧才能算人生，你偏想把它一笔勾销，不说你勾销不去，就是勾销去了，人生反更索然寡趣。所以我无论站在前台或站在后台时，对于失败，对于罪孽，对于殃咎，都是一副冷眼看待，都是用一个热心惊赞。

朋友，我感谢你费去宝贵的时光读我的这十二封信，如果你不厌倦，将来我也许常常和你通信闲谈，现在让我暂时告别罢！

写过十二封信给你的朋友 光潜

无言之美

孔子有一天突然很高兴地对他的学生说："予欲无言。"子贡就接着问他："子如不言，则小子何述焉？"孔子说："天何言哉？四时行焉，百物生焉。天何言哉？"

这段赞美无言的话，本来从教育方面着想。但是要明了无言的意蕴，宜从美术观点去研究。

言所以达意，然而意决不是完全可以言达的。因为言是固定的，有迹象的，意是瞬息万变、飘渺无踪的。言是散碎的，意是混整的；言是有限的，意是无限的。以言达意，好像用继续的虚线画实物，只能得其近似。

所谓文学，就是以言达意的一种美术。在文学作品中，语言之先的意象和情绪意旨所附丽的语言，都要尽美尽善，才能引起美感。

尽美尽善的条件很多。但是第一要不违背美术的基本原理，要“和自然逼真”（true to nature）。这句话讲得通俗一点，就是说美术作品不能说谎。不说谎包含有两种意义：一、我们所说的话，就恰似我们所想说的话。二、我们所想说的话，我们都吐肚子说出来了，毫无余蕴。

意既不可以完全达之以言，“和自然逼真”一个条件在文学上不是做不到么？或者我们问得再直截一点，假使语言文字能够完全传达情意，假使笔之于书的和存之于心的铢两悉称，丝毫不爽，这是不是文学上所应希求的一件事？

这个问题是了解文学及其他美术所必须回答的。现在我们姑且答道：文字语言固然不能全部传达情绪意旨，假使能够，也并非文学所应希求的。一切美术作品也都是这样，尽量表现，非惟不能，而也不必。

先从事实下手研究。譬如有一个荒村或任何物体，摄影家把它照一幅相，美术家把它画一幅画。这种相片和图画可以从两个观点去比较：第一，相片或图画，哪一个较“和自然逼真”？不消说得，在同一视阈以内的东西，相片都可以包罗尽致，并且体积比例和实物都两两相称，不会有丝毫错误。图画就不然，美术家对一种境遇，未表现之先，先加一番选择。选择定的材料还须经过一番理想化，把美术家的人格参加进去，然后表现出来。所表现的只是实物一部分，就连这一部分也不必和实物完全一致。所以图画决不能如相片一样“和自然逼真”。第二，我们再问，相片和图画所引起的美感哪一个浓厚，所发生的印象哪一个深刻，这也不消说，稍有美术口胃的人都觉得图画比相片美得多。

文学作品也是同样。譬如《论语》：“子在川上曰：‘逝者如斯夫，不舍昼夜！’”几句话决没完全描写出孔子说这番话时候的心境，而“如斯夫”三字更笼统，没有把当时的流水形容尽致。如果说详细一点，孔子也许这样说：“河水滚滚地流去，日夜都是这样，没有一刻停止。世界上一切事物不都像这流水时常变化不尽么？过去的事物不就永远过去绝不回头么？我看见这流水心中好不惨伤呀！……”但是纵使这样说去，还没有尽意。而比较起来，“逝者如斯夫，不舍昼夜”九个字比这段长而臭的演义就值得玩味多了！在上等文学作品中，——尤其在诗词中——这种言不尽意的例子处处都可以看见。譬如陶渊明的《时运》，“有风自南，翼彼新苗”；《读〈山海经〉》，“微雨从东来，好风与之俱”，本来没有表现出诗人的情绪，然而玩味起来，自觉有一种闲情逸致，令人心旷神怡。钱起的《省试湘灵鼓瑟》末二句，“曲终人不见，江上数峰青”，也没有说出诗人的心绪，然而一种凄凉惜别的神情自然流露于言语之外。此外像陈子昂的《幽州台怀古》：“前不见古人，后不见来者。念天地之幽幽，独怆然而涕下！”李白的《怨情》：“美人卷珠帘，深坐颦蛾眉。但见泪痕湿，不知心恨谁。”虽然说明了诗人的情感，而所说出来的多么简单，所含蓄的多么深远？再就写景说，无论何种境遇，要描写得惟妙惟肖，都要费许多笔墨。但是大手笔只选择两三件事轻描淡写一下，完全境遇便呈露眼前，栩栩如生。譬如陶渊明的《归园田居》："方宅十余亩，草屋八九间。榆柳阴后檐，桃李罗堂前。暧暧远人村，依依墟里烟。狗吠深巷中，鸡鸣桑树颠。"四十字把乡村风景描写得多么真切！再如杜工部的《后出塞》："落日照大地，马鸣风萧萧。平沙列万幕，部伍各见招。中天悬明月，令严夜寂寥。悲笳数声动，壮士惨不骄。"寥寥几句话，把月夜沙场状况写得多么有声有色，然而仔细观察起来，乡村景物还有多少为陶渊明所未提及，战地情况还有多少为杜工部所未提及？从此可知文学上我们并不以尽量表现为难能可贵。

在音乐里面，我们也有这种感想，凡是唱歌奏乐，音调由洪壮急促而变到低微以至于无声的时候，我们精神上就有一种沉默肃穆和平愉快的景象。白香山在《琵琶行》里形容琵琶声音暂时停顿的情况说："冰泉冷涩弦凝绝，凝绝不通声暂歇。别有幽愁暗恨生，此时无声胜有声。"这就是形容音乐上无言之美的滋味。著名英国诗人济慈（Keats）在《希腊花瓶歌》也说，"听得见的声调固然幽美，听不见的声调尤其幽美"（Heard melodies are sweet; but those unheard are sweeter），也是说同样道理。大概喜欢音乐的人都尝过此中滋味。

就戏剧说，无言之美更容易看出。许多作品往往在热闹场中动作快到极重要的一点时，忽然万籁俱寂，现出一种沉默神秘的景象。梅特林克（Maeterlinck）的作品就是好例。譬如《青鸟》的布景，择夜阑人静的时候，使重要角色睡得很长久，就是利用无言之美的道理。梅氏并且说："口开则灵魂之门闭，口闭则灵魂之门开。"赞无言之美的话不能比此更透辟了。莎士比亚的名著《哈姆雷特》一剧开幕便描写更夫守夜的状况，德林瓦特（Drinkwater）在其《林肯》中描写林肯在南北战争军事旁午的时候跪着默祷，王尔德（O. Wilde）的《温德梅尔夫人的扇子》里面描写温德梅尔夫人私奔在她的情人寓所等候的状况，都在兴酣局紧，心悬悬渴望结局时，放出沉默神秘的色彩，都足以证明无言之美的。近代又有一种哑剧和静的布景，或只有动作而无言语，或连动作也没有，就将靠无言之美引人入胜了。

雕刻塑像本来是无言的，也可以拿来说明无言之美。所谓无言，不一定指不说话，是注重在含蓄不露。雕刻以静体传神，有些是流露的，有些是含蓄的。这种分别在眼睛上尤其容易看见。中国有一句谚语说，"金刚怒目，不如菩萨低眉"。所谓怒目，便是流露；所谓低眉，便是含蓄。凡看低头闭目的神像，所生的印象往往特别深刻。最有趣的就是西洋爱神的雕刻，她们男女都是瞎了眼睛。这固然根据希腊的神话，然而实在含有美术的道理，因为爱情通常都在眉目间流露，而流露爱情的眉目是最难比拟的。所以索性雕成盲目，可以耐人寻思。当初雕刻家原不必有意为此，但这些也许是人类不用意识而自然碰的巧。

要说明雕刻上流露和含蓄的分别，希腊著名雕刻《拉奥孔》（*Laocoon*）是最好的例子。相传拉奥孔犯了大罪，天神用了一种极惨酷的刑法来惩罚他，遣了一条恶蛇把他和他的两个儿子在一块绞死了。在这种极刑之下，未死之前当然有一种悲伤惨戚目不忍睹的一顷刻，而希腊雕刻家并不擒住这一顷刻来表现，他只把将达苦痛极点前一顷刻的神情雕刻出来，所以他所表现的悲哀是含蓄不露的。倘若是流露的，一定带了挣扎呼号的样子。这个雕刻，一眼看去，只觉得他们父子三人都有一种难言之恫；仔细看去，便可发见条条筋肉根根毛孔都暗示一种极苦痛的神情。德国莱辛（Lessing）的名著《拉奥孔》就根据这个雕刻，讨论美术上含蓄的道理。

以上是从各种艺术中信手拈来的几个实例。把这些个别的实例归纳在一起，我们可以得一个公例，就是：拿美术来表现思想和情感，与其尽量流露，不如稍有含蓄；与其吐肚子把一切都说出来，不如留一大部分让欣赏者自己去领会。因为在欣赏者的头脑里所生的印象和美感，有含蓄比较尽量流露的还要更加深刻。换句话说，说出来的越少，留着不说的越多，所引起的美感就越大越深越真切。

这个公例不过是许多事实的总结束。现在我们要进一步求出解释这个公例的理由。我们要问何以说得越少，引起的美感反而越深刻？何以无言之美有如许势力？

想答复这个问题，先要明白美术的使命。人类何以有美术的要求？这个问题本非一言可尽。现在我们姑且说，美术是帮助我们超现实而求安慰于理想境界的。人类的意志可向两方面发展：一是现实界，一是理想界。不过现实界有时受我们的意志支配，有时不受我们的意志支配。譬如我们想造一所房屋，这是一种意志。要达到这个意志，必费许多力气去征服现实，要开荒辟地，要造砖瓦，要架梁柱，要赚钱去请泥水匠。这些事都是人力可以办到的，都是可以用意志支配的。但是现实界凡物皆向地心下坠一条定律，就不可以用意志征服。所以意志在现实界活动，处处遇障碍，处处受限制，不能圆满地达到目的，实际上我们的意志十之八九都要受现实限制，不能自由发展。譬如谁不想有美满的家庭？谁不想住在极乐国？然而在现实界决没有所谓极乐美满的东西存在。因此我们的意志就不能不和现实发生冲突。

一般人遇到意志和现实发生冲突的时候，大半让现实征服了意志，走到悲观烦闷的路上去，以为件件事都不如人意，人生还有什么意味？所以堕落、自杀、逃空门种种的消极的解决法就乘虚而入了，不过这种消极的人生观不是解决意志和现实冲突最好的方法。因为我们人类生来不是懦弱者，而这种消极的人生观甘心让现实把意志征服了，是一种极懦弱的表示。

然则此外还有较好的解决法么？有的，就是我所谓超现实。我们处世有两种态度，人力所能做到的时候，我们竭力征服现实。人力莫可奈何的时候，我们就要暂时超脱现实，储蓄精力待将来再向他方面征服现实。超脱到那里去呢？超脱到理想界去。现实界处处有障碍有限制，理想界是天空任鸟飞，极空阔极自由的。现实界不可以造空中楼阁，理想界是可以造空中楼阁的。现实界没有尽美尽善，理想界是有尽美尽善的。

姑取实例来说明。我们走到小城市里去，看见街道窄狭污浊，处处都是阴沟厕所，当然感觉不快，而意志立时就要表示态度。如果意志要征服这种现实哩，我们就要把这种街道房屋一律拆毁，另造宽大的马路和清洁的房屋。但是谈何容易？物质上发生种种障碍，这一层就不一定可以做到。意志在此时如何对付呢？他说：我要超脱现实，去在理想界造成理想的街道房屋来，把它表现在图画上，表现在雕刻上，表现在诗文上。于是结果有所谓美术作品。美术家成了一件作品，自己觉得有创造的大力，当然快乐已极。旁人看见这种作品，觉得它真美丽，于是也愉快起来了，这就是所谓美感。

因此美术家的生活就是超现实的生活；美术作品就是帮助我们超脱现实到理想界去求安慰的。换句话说，我们有美术的要求，就因为现实界待遇我们太刻薄，不肯让我们的意志推行无碍，于是我们的意志就跑到理想界去求慰情的路径。美术作品之所以美，就美在它能够给我们很好的理想境界。所以我们可以说，美术作品的价值高低就看它超现实的程度大小，就看它所创造的理想世界是阔大还是窄狭。

但是美术又不是完全可以和现实界绝缘的。它所用的工具——例如雕刻用的石头，图画用的颜色，诗文用的语言——都是在现实界取来的。它所用的材料——例如人物情状悲欢离合——也是现实界的产物。所以美术可以说是以毒攻毒，利用现实的帮助以超脱现实的苦恼。上面我们说过，美术作品的价值高低要看它超脱现实的程度如何。这句话应稍加改正，我们应该说，美术作品的价值高低，就看它能否借极少量的现实界的帮助，创造极大量的理想世界出来。

在实际上说，美术作品借现实界的帮助愈少，所创造的理想世界也因而愈大。再拿相片和图画来说明。何以相片所引起的美感不如图画呢？因为相片上一形一影，件件都是真实的，而且应有尽有，发泄无遗。我们看相片，种种形影好像钉子把我们的想象力都钉死了。看到相片，好像看到二五，就只能想到一十，不能想到其他数目。换句话说，相片把事物看得忒真，没有给我们以想象余地。所以相片只能抄写现实界，不能创造理想界。图画就不然。图画家用美术眼光，加一番选择的功夫，在一个完全境遇中选择了一小部分事物，把它们又经过一番理想化，然后才表现出来。惟其留着一大部分不表现，欣赏者的想象力才有用武之地。想象作用的结果就是一个理想世界。所以图画所表现的现实世界虽极小而创造的理想世界则极大。孔子谈教育说：“举一隅不以三隅反，则不复也。”相片是把四隅通举出来了，不要你劳力去“复”。图画就只举一隅，叫欣赏者加一番想象，然后“以三隅反”。

流行语中有一句说：“言有尽而意无穷。”无穷之意达之以有尽之言，所以有许多意，尽在不言中。文学之所以美，不仅在有尽之言，而尤在无穷之意。推广地说，美术作品之所以美，不是只美在已表现的一部分，尤其是美在未表现而含蓄无穷的一大部分，这就是本文所谓无言之美。

因此美术要“和自然逼真”一个信条应该这样解释：“和自然逼真”是要窥出自然的精髓所在，而表现出来；不是说要把自然当作一篇印版文字，很机械地抄写下来。

这里有一个问题会发生。假使我们欣赏美术作品，要注重在未表现而含蓄着的一部分，要超“言”而求“言外意”，各个人有各个人的见解，所得的言外意不是难免殊异么？当然，美术作品之所以美，就美在有弹性，能拉得长，能缩得短。有弹性所以不呆板。同一美术作品，你去玩味有你的趣味，我去玩味有我的趣味。譬如莎氏乐府所以在艺术上占极高位置，就因为各种阶级的人在不同的环境中都欢喜读它。有弹性，所以不陈腐。同一美术作品，今天玩味有今天的趣味，明天玩味有明天的趣味。凡是经不得时代淘汰的作品都不是上乘。上乘文学作品，百读都令人不厌的。

就文学说，诗词比散文的弹性大；换句话说，诗词比散文所含的无言之美更丰富。散文是尽量流露的，愈发挥尽致，愈见其妙。诗词是要含蓄暗示，若即若离，才能引人入胜。现在一般研究文学的人都偏重散文——尤其是小说，对于诗词很疏忽。这件事实可以证明一般人文学欣赏力很薄弱。现在如果要提高文学，必先提高文学欣赏力；要提高文学欣赏力，必先在诗词方面特下功夫，把鉴赏无言之美的能力养得很敏捷。因此我很希望文学创作者在诗词方面多努力，而学校国文课程中诗歌应该占一个重要的位置。

本文论无言之美，只就美术一方面着眼。其实这个道理在伦理、哲学、教育、宗教及实际生活各方面，都不难发现。老子《道德经》开卷便说："道可道，非常道；名可名，非常名。"这就是说伦理哲学中有无言之美。儒家谈教育，大半主张潜移默化，所以拿时雨春风做比喻。佛教及其他宗教之能深入人心，也是借沉默神秘的势力。幼稚园创造者蒙台梭利利用无言之美的办法尤其有趣。在她的幼稚园里，教师每天趁儿童顽得很热闹的时候，猛然地在粉板上写一个"静"字，或奏一声琴。全体儿童于是都跑到自己的座位去，闭着眼睛蒙着头做伏案假睡的姿势，但是他们不可睡着。几分钟后，教师又用很轻微的声音，从颇远的地方呼唤各个儿童的名字。听见名字的就要立刻醒起来。这就是使儿童可以在沉默中领略无言之美。

就实际生活方面说，世间最深切的莫如男女爱情。爱情摆在肚子里面比摆在口头上来得恳切。"齐心同所愿，含意俱未伸"和"更无言语空相觑"，比较"细语温存""怜我怜卿"的滋味还要更加甜蜜。英国诗人布莱克（Blake）有一首诗叫作《爱情之秘》（*Love's*

Secret）里面说：

（一）切莫告诉你的爱情，
爱情是永远不可以告诉的，
因为她像微风一样，
不做声不做气地吹着。
（二）我曾经把我的爱情告诉而又告诉，
我把一切都披肝沥胆地告诉爱人了，
打着寒颤，耸头发地告诉，
然而她终于离我去了！
（三）她离我去了，
不多时一个过客来了。
不做声不做气地，只微叹一声，
便把她带去了。

这首短诗描写爱情上无言之美的势力，可谓透辟已极了。本来爱情完全是一种心灵的感应，其深刻处是老子所谓不可道不可名的。所以许多诗人以为“爱情”两个字本身就太滥太寻常太乏味，不能拿来写照男女间神圣深挚的情绪。

其实何只爱情？世间有许多奥妙，人心有许多灵悟，都非言语可以传达，一经言语道破，反如甘蔗渣滓，索然无味。这个道理还可以推到宇宙人生诸问题方面去。我们所居的世界是最完美的，就因为它是最不完美的。这话表面看去，不通已极，但是实在含有至理。假如世界是完美的，人类所过的生活——比好一点，是神仙的生活，比坏一点，就是猪的生活——便呆板单调已极，因为倘若件件事都尽美尽善了，自然没有希望发生，更没有努力奋斗的必要。人生最可乐的就是活动所生的感觉，就是奋斗成功而得的快慰。世界既完美，我们如何能尝创造成功的快慰？这个世界之所以美满，就在有缺陷，就在有希望的机会，有想象的田地。换句话说，世界有缺陷，可能性（potentiality）才大。这种可能而未能的状况就是无言之美。世间有许多奥妙，要留着不说出；世间有许多理想，也应该留着不实现。因为实现以后，跟着“我知道了”的快慰便是“原来不过如是”的失望。

天上的云霞有多么美丽！风涛虫鸟声息有多么和谐！用颜色来摹绘，用金石丝竹来比拟，任何美术家也是作践天籁，糟蹋自然！无言之美何限？让我这种拙手来写照，已是糟粕枯骸！这种罪过我要完全承认的。倘若有人骂我胡言乱道，我也只好引陶渊明的诗回答他说：“此中有真味，欲辩已忘言！”

十三年仲冬脱稿于上虞白马湖畔

慈慧殿三号

——北平杂写之一

慈慧殿并没有殿，它只是后门里一个小胡同，因西口一座小庙得名。庙中供的是什么菩萨，我在此住了三年，始终没有探头去一看，虽然路过庙门时，心里总要费一番揣测。慈慧殿三号和这座小庙隔着三四家居户，初次来访的朋友们都疑心它是庙，至少，它给他们的是一座古庙的印象，尤其是在树没有叶的时候；在北平，只有夏天才真是春天，所以慈慧殿三号像古庙的时候是很长的。它像庙，一则是因为它荒凉，二则是因为它冷清，但是最大的类似点恐怕在它的建筑，它孤零零地兀立在破墙荒园之中，显然与一般民房不同。这三年来，我做了它的临时“住持”，到现在仍没有请书家题一个某某斋或某某馆之类的匾额来点缀，始终很固执地叫它“慈慧殿三号”，这正如有庙无佛，多一事不如省一事。

慈慧殿三号的左右邻家都有崭新的朱漆大门，它的破烂污秽的门楼居在中间，越发显得它是一个破落户的样子。一进门，右手是一个煤栈，是今年新搬来的，天晴时天井里右方隙地总是晒着煤球，有时门口停着运煤的大车以及它所应有的附属品——黑麻布袋，黑牲口，满面涂着黑煤灰的车夫。在北方居过的人会立刻联想到一种类型的龌龊场所。一粘上煤没有不黑不脏的，你想想德胜门外，门头沟车站或是旧工厂的锅炉房，你对于慈慧殿三号的门面就可以想象得一个大概。

和煤栈对面的——仍然在慈慧殿三号疆域以内——是一个车房，所谓“车房”就是停人力车和人力车夫居住的地方。无论是停车的或是住车夫的房子照例是只有三面墙，一面露天。房子对于他们的用处只是遮风雨；至于防贼，掩盖秘密，都全是另一个阶级的需要。慈慧殿三号的门楼左手只有两间这样三面墙的房子，五六个车子占了一间；在其余的一间里，车夫，车夫的妻子和猫狗进行他们的一切活动：做饭，吃饭，睡觉，养儿子，会客谈天等等。晚上回来，你总可以看见车夫和他的大肚子的妻子“举案齐眉”式地蹲在地上用晚饭，房东的看门的老太婆捧着长烟杆，闭着眼睛，坐在旁边吸旱烟。有时他们围着那位精明强干的车夫听他演说时事或故事。虽无瓜架豆棚，却是乡村式的太平岁月。

这些都在二道门以外。进二道门一直望进去是一座高大而空阔的四合房子。里面整年地鸦雀无声，原因是唯一的男主人天天是夜出早归，白天里是他的高卧时间；其余尽是妇道之家，都挤在最后一进房子，让前面的房子空着。房子里面从“御赐”的屏风到四足不全的椅凳都已逐渐典卖干净，连这座空房子也已经抵押了超过卖价的债项。这里面七八口之家怎样撑持他们的槁木死灰的生命是谁也猜不出来的疑案。在三十年以前他们是声威煊赫的“黄带子”，杀人不用偿命的。我和他们整年无交涉，除非是他们的“大爷”偶尔拿一部宋拓圣教序或是一块端砚来向我换一点烟资，他们的小姐们每年照例到我的园子里来两次，春天来摘一次丁香花，秋天来打一次枣子。

煤栈，车房，破落户的旗人，北平的本地风光算是应有尽有了。我所住持的“庙”原来和这几家共一个大门出入，和他们公用“慈慧殿三号”的门牌，不过在事实上是和他们隔开来的。进二道门之后向右转，当头就是一道隔墙。进这隔墙的门才是我所特指的“慈慧殿三号”。本来这园子的几十丈左右长的围墙随处可以打一个孔，开一个独立的门户。有些朋友们嫌大门口太不像样子，常劝我这样办，但是我始终没有听从，因为我舍不得煤栈车房所给我的那一点劳动生活的景象，舍不得进门时那一点曲折和跨进园子时那一点突然惊讶。如果自营一个独立门户，这几个美点就全毁了。

从煤栈车房转弯走进隔墙的门，你不能不感到一种突然惊讶。如果是早晨的话，你会立刻想到“清晨入古寺，初日照高林。曲径通幽处，禅房花木深”几句诗恰好配用在这里的。百年以上的老树到处都可爱，尤其是在城市里成林；什么种类都可爱，尤其是松柏和楸。这里没有一棵松树，我有时不免埋怨百年以前经营这个园子的主人太疏忽。柏树也只有一棵大的，但它确实是大，而且一走进隔墙门就是它，它的浓阴布满了一个小院子，还分润到三间厢房。柏树以外，最多的是枣树，最稀奇的是楸树。北平城里人家有三棵两棵楸树的便视为珍宝。这里的楸树一数就可以数上十来棵，沿后院东墙脚的一排七棵俨然形成一段天然的墙。我到北平以后才见识楸树，一见就欢喜它。它在树木中间是神仙中间的铁拐李，《庄子》所说的"大本臃肿而不中绳墨，小枝卷曲而不中规矩"，拿来形容楸似乎比形容樗更恰当。最奇怪的是这臃肿卷曲的老树到春天来会开类似牵牛的白花，到夏天来会放类似桑榆的碧绿的嫩叶。这园子里树木本来很杂乱，大的小的，高的低的，不伦不类地混在一起；但是这十来棵楸树在杂乱中辟出一个头绪来，替园子注定一个明显的个性。

我不是能雇用园丁的阶级中人，要说自己动手拿锄头喷壶吧，一时兴到，容或暂以此为消遣，但是"一日曝之，十日寒之"，究竟无济于事，所以园子终年是荒着的。一到夏天来，狗尾草，蒿子，前几年枣核落下地所长生的小树，以及许多只有植物学家才能辨别的草都长得有腰深。偶尔栽几棵丝瓜，玉蜀黍，以及西红柿之类的蔬菜，到后来都没在草里看不见。我自己特别挖过一片地，种了几棵芍药，两年没有开过一朵花。所以园子里所有的草木花都是自生自长用不着人经营的。秋天栽菊花比较成功，因为那时节没有多少乱草和它作剧烈的“生存竞争”。这一年以来，厨子稍分余暇来做“开荒”的工作，但是乱草总是比他勤快，随拔随长，日夜不息。如果任我自己的脾胃，我觉得对于园子还是取绝对的放任主义较好。我的理由并不像浪漫时代诗人们所怀想的，并不是要找一个荒凉凄惨的境界来配合一种可笑的伤感。我欢喜一切生物和无生物尽量地维持它们的本来面目，我欢喜自然的粗率和芜乱，所以我始终不能真正地欣赏一个很整齐有秩序，路像棋盘，常青树剪成几何形体的园子，这正如我不喜欢赵子昂的字，仇英的画，或是一个中年妇女的油头粉面。我不要求房东把后院三间有顶无墙的破屋拆去或修理好，也是因为这个缘故。它要倒塌，就随它自己倒塌去；它一日不倒塌，我一日尊重它的生存权。

园子里没有什么家畜动物。三年前宗岱和我合住的时节，他在北海里捉得一只刺猬回来放在园子里养着。后来它在夜里常作怪声气，惹得老妈见神见鬼。近来它穿墙迁到邻家去了，朋友送了一只小猫来，算是补了它的缺。鸟雀儿北方本来就不多，但是因为几十棵老树的招邀，北方所有的鸟雀儿这里也算应有尽有。长年的顾客要算老鸹。它大概是鸦的别名，不过我没有下过考证。在南方它是不祥之鸟，在北方听说它有什么神话传说保护它，所以它虽然那样地“语言无味，面目可憎”，却没有人肯剿灭它。它在鸟类中大概是最爱叫苦爱吵嘴的。你整年都听它在叫，但是永远听不出一点叫声是表现它对于生命的欣悦。在天要亮未亮的时候，它叫得特别起劲，它仿佛拼命地不让你享受香甜的晨睡，你不醒，它也引你做惊惧梦。我初来时曾买了弓弹去射它，后来弓坏了，弹完了，也就只得向它投降。反正披衣冒冷风起来驱逐它，你也还是不能睡早觉。老鸹之外，麻雀甚多，无可记载。秋冬之季常有一种颜色极漂亮的鸟雀成群飞来，形状很类似画眉，不过不会歌唱。宗岱在此时硬说它来有喜兆，相信它和他请铁板神算家所批的八字都预兆他的婚姻恋爱的成功，但是他的讼事终于是败诉，他所追求的人终于是高飞远扬。他搬走以后，这奇怪的鸟雀到了节令仍旧成群飞来。览于往事，我也就不肯多存奢望了。

有一位朋友的太太说慈慧殿三号颇类似《聊斋志异》中所常见的故家第宅，“旷废无居人，久之蓬蒿渐满，双扉常闭，白昼亦无敢入者……”，但是如果有一位好奇的书生在月夜里探头进去一看，会瞟见一位散花天女，嫣然微笑，叫他“不觉神摇意夺”，如此等情……我本凡胎，无此缘分，但是有一件“异”事也颇堪一“志”。有一天晚上，我躺在沙发上看书，凌坐在对面的沙发上共着一盏灯做针钱，一切都沉在寂静里，猛然间听见一位穿革履的女人滴滴答答地从外面走廊的砖地上一步一步地走进来。我听见了，她也听见了，都猜着这是沉樱来了——她有时踏这种步声走进来。我走到门前掀帘子去迎她，声音却没有了，什么也没有看见。后来再四推测所得的解释是街上行人的步声，因为夜静，虽然是很远，听起来就好像近在咫尺。这究竟很奇怪，因为我们坐的地方是在一个很空旷的园子里，离街很远，平时在房子里绝对听不见街上行人的步声，而且那次听见步声分明是在走廊的砖地上。这件事常存在我的心里，我仿佛得到一种启示，觉得我在这城市中所听到的一切声音都像那一夜所听到的步声，听起来那么近，而实在却又那么远。

后门大街

——北平杂写之二

人生第一乐趣是朋友的契合。假如你有一个情趣相投的朋友居在邻近，风晨雨夕，彼此用不着走许多路就可以见面，一见面就可以毫无拘束地闲谈，而且一谈就可以谈出心事来，你不嫌他有一点怪脾气，他也不嫌你迟钝迂腐，像约翰逊和鲍斯韦尔在一块儿似的，那你就没有理由埋怨你的星宿。这种幸福永远使我可望而不可攀。第一，我生性不会谈话，和一个朋友在一块儿坐不到半点钟，就有些心虚胆怯，刻刻意识到我的呆板干枯叫对方感到乏味。谁高兴向一个只会说“是的”“那也未见得”之类无谓语的人溜嗓子呢？其次，真正亲切的朋友都要结在幼年，人过三十，都不免不由自主地染上一些世故气，很难结交真正情趣相投的朋友。“相识满天下，知心能几人？”虽是两句平凡语，却是慨乎言之。因此，我唯一的解闷的方法就只有逛后门大街。

居过北平的人都知道北平的街道像棋盘线似的依照对称原则排列。有东四牌楼就有西四牌楼，有天安门大街就有地安门大街。北平的精华可以说全在天安门大街。它的宽大，整洁，辉煌，立刻就会使你觉到它象征一个古国古城的伟大雍容的气象。地安门（后门）大街恰好给它做一个强烈的反衬。它偏僻，阴暗，湫隘，局促，没有一点可以叫一个初来的游人留恋。我住在地安门里的慈慧殿，要出去闲逛，就只有这条街最就便。我无论是阴晴冷热，无日不出门闲逛，一出门就很机械地走到后门大街。它对于我好比一个朋友，虽是平凡无奇，因为天天见面，很熟习，也就变成很亲切了。

从慈慧殿到北海后门比到后门大街也只远几百步路。出后门，一直向北走就是后门大街，向西转稍走几百步路就是北海。后门大街我无日不走，北海则从老友徐中舒随中央研究院南迁以后（他原先住在北海），我每周至多只去一次。这并非北海对于我没有意味，我相信北海比我所见过的一切园子都好，但是北海对于我终于是一种奢侈，好比乡下姑娘的唯一的一件漂亮衣，不轻易从箱底翻出来穿一穿的。有时我本预备去北海，但是一走到后门，就变了心眼，一直朝北去走大街，不向西转那一个弯。到北海要买门票，花二十枚铜子是小事，免不着那一层手续，究竟是一种麻烦；走后门大街可以长驱直入，没有站岗的向你伸手索票，打断你的幻想。这是第一个分别。在北海逛的是时髦人物，个个是衣裳楚楚，油头滑面的。你头发没有梳，胡子没有光，鞋子也没有换一双干净的，“囚首垢面而谈诗书”，已经是大不韪，何况逛公园？后门大街上走的尽是贩夫走卒，没有人嫌你怪相，你可以彻底地“随便”。这是第二个分别。逛北海，走到“仿膳”或是“漪澜堂”的门前，你不免想抬头看看那些喝茶的中间有你的熟人没有，但是你又怕打招呼，怕那里有你的熟人，故意地低着头匆匆地走过去，像做了什么坏事似的。在后门大街上你准碰不见一个熟人，虽然常见到彼此未通过姓名的熟面孔，也各行其便，用不着打无味的招呼。你可以尽量地饱尝着“匿名者”（incognito）的心中一点自由而诡秘的意味。这是第三个分别。因为这些缘故，我老是牺牲北海的朱梁画栋和香荷绿柳而独行踽踽于后门大街。

到后门大街我很少空手回来。它虽然是破烂，虽然没有半里路长，却有十几家古玩铺，一家旧书店。这一点点缀可以见出后门大街也曾经过一个繁华时代，阅历过一些沧桑岁月，后门旧为旗人区域，旗人破落了，后门也就随之破落。但是那些破落户的破铜破铁还不断地送到后门的古玩铺和荒货摊。这些东西本来没有多少值得收藏的，但是偶尔遇到一两件，实在比隆福寺和厂甸的便宜，我花过四块钱买了一部明初拓本《史晨碑》，六块钱买了二十几锭乾隆御墨，两块钱买了两把七星双刀，有时候花几毛钱买一个磁瓶，一张旧纸，或是一个香炉。这些小东西本无足贵，但是到手时那一阵高兴实在是很值得追求，我从前在乡下时学过钓鱼，常蹲半天看不见浮标晃影子，偶然钓起来一个寸长的小鱼，虽明知其不满一咽，心里却非常愉快，我究竟是钓得了，没有落空。我在后门大街逛古董铺和荒货摊，心情正如钓鱼，鱼是小事，钓着和期待着有趣，钓得到什么，自然更是有趣。许多古玩铺和旧书店的老板都和我由熟识而成好朋友。过他们的门前，我的脚不由自主地踏进去。进去了，看了半天，件件东西都还是昨天所见过的。我自己觉得翻了半天还是空手走，有些对不起主人；主人也觉得没有什么新东西可以卖给我，心里有些歉然。但是这一点不尴尬，并不能妨碍我和主人的好感，到明天，我的脚还是照旧地不由自主地踏进他的门，他也依旧打起那副笑面孔接待我。

后门大街龌龊，是无用讳言的。就目前说，它虽不是贫民窟，一切却是十足的平民化。平民的最基本的需要是吃，后门大街上许多活动都是根据这个基本需要而在那里川流不息地进行。假如你是一个外来人，在后门大街走过一趟之后，坐下来搜求你的心影，除着破铜破铁破衣破鞋之外，就只有青葱大蒜，油条烧饼，和卤肉肥肠，一些油腻腻灰灰土土的七三八四和苍蝇骆驼混在一堆在你的昏眩的眼帘前晃影子。如果你回想你所见到的行人，他不是站在锅炉旁嚼烧饼的洋车夫，就是坐在扁担上看守大蒜咸鱼的小贩。那里所有的颜色和气味都是很强烈的。这些混乱而又秽浊的景象有如陈年牛酪和臭豆腐乳，在初次接触时自然不免惹起你的嫌恶；但是如果你尝惯了它的滋味，它对于你却有一种不可抵御的引诱。

别说后门大街平凡，它有的是生命和变化！只要你有好奇心，肯乱窜，在这不满半里路长的街上和附近，你准可以不断地发见新世界。我逛过一年以上，才发见路西一个夹道里有一家茶馆。花三大枚的水钱，你可以在那儿坐一晚，听一部《济公传》或是《长坂坡》。至于火神庙里那位老拳师变成我的师傅，还是最近的事。你如果有幽默的癖性，你随时可以在那里寻到有趣的消遣。有一天晚上我坐在一家旧书铺里，从外面进来一个跛子，向店主人说了关于他的生平一篇可怜的故事，讨了一个铜子出去。我觉得这人奇怪，就起来跟在他后面走，看他跛进了十几家店铺之后，腿子猛然直起来，踏着很平稳安闲的大步，唱“我好比南来雁”，沉没到一个阴暗的夹道里去了。在这个世界里的人们，无论他们的生活是复杂或简单，关于谁你能够说，“我真正明白他的底细”呢？

一到了上灯时候，尤其在夏天，后门大街就在它的古老躯干之上尽量地炫耀近代文明。理发馆和航空奖券经理所的门前悬着一排又一排的百支烛光的电灯，照像馆的玻璃窗里所陈设的时装少女和京戏名角的照片也越发显得光彩夺目。家家洋货铺门上都张着无线电的大口喇叭，放送京戏鼓书相声和说不尽的许多其它热闹玩意儿。这时候后门大街就变成人山人海，左也是人，右也是人，各种各样的人。少奶奶牵着她的花簇簇的小儿女，羊肉店的老板扑着他的芭蕉叶，白衫黑裙和翻领卷袖的学生们抱着膀子或是靠着电线杆，泥瓦匠坐在阶石上敲去旱烟筒里的灰，大家都一齐心领神会似的在听，在看，在发呆。在这种时会，后门大街上准有我；在这种时会，我丢开几十年教育和几千年文化在我身上所加的重压，自自在在地沉没在贤愚一体，皂白不分的人群中，尽量地满足牛要跟牛在一块，蚂蚁要跟蚂蚁在一块那一种原始的要求。我觉得自己是这一大群人中的一个人，我在我自己的心腔血管中感觉到这一大群人的脉搏的跳动。

后门大街，对于一个怕周旋而又不甘寂寞的人，你是多么亲切的一个朋友！

花会

紫陌红尘拂面来，无人不道看花回。

——刘禹锡

成都整年难得见太阳，全城的人天天都埋在阴霾里，像古井阑的苔藓，他们浑身染着地方色彩，浸润阴幽，沉寂，永远在薄雾浓云里度过他们的悠悠岁月。他们好闲，却并不甘寂寞，吃饭，喝茶，逛街，看戏，都向人多的处所挤。挤来挤去，左右不过是那几个地方。早上坐少城公园的茶馆，晚上逛春熙路，西东大街以及满街挂着牛肉的皇城壩，你会想到成都人没有在家里坐着的习惯，有闲空总得出门，有热闹总得挨凑进去。成都人的生活可以说是“户外的”，但是同时也是“城里的”。翻来覆去，总跳不出这个城圈子。五十万的人口，几十方里的面积，形成一种大规模的蜂巢蚁穴。所以表面看来，车如流水马如龙，无处不是骚动，而实际上这种骚动只是蛰伏式的蠕动，像成都一位老作家所说的“死水微澜”。

花会时节是成都人的惊蛰期。举行花会的地方是西门外的青羊宫。这座大道观据说是从唐朝遗留下来的。花会起于何朝何代，尚待考据家去推断，大概来源也很早。成都的天气是著名的阴沉，但在阳春三月，风光却特别明媚。春来得迟，一来了，气候就猛然由温暖而热燥，所以在其他地带分季开放的花卉在成都却连班出现。梅花茶花没有谢，接着就是桃杏，桃杏没有谢，接着就是木槿建兰芍药。在三月里你可以同时见到冬春夏三季的花。自然，最普遍的花要算菜花。成都大平原纵横有五六百里路之广。三月间登高一望，视线所能达到的地方尽是菜花麦苗，金黄一片，杂以油绿，委实是一种大观。在太阳之下，花光草色如怒火放焰，闪闪浮动，固然显出山河浩荡生气蓬勃的景象，有时春阴四布，小风薄云，苗青鹊静，亦别有一番清幽情致。这时候成都人，无论是男女老少，便成群结队地出城游春了。

游春自然是赶花会。花会之名并不副实。陈列各种时花的地方是庙东南一个偏僻的角落。所陈列的不过是一些普通花卉，并无名品，据说今年花会未经政府提倡，没有往年的热闹，外县以及本城的名园都没有把他们的珍品送来。无论如何，到花会来的人重要目的并不在看花而在凑热闹看人。成都人究竟是成都人，丢不开那古老城市的风俗习惯。花会场所还是成都城市的具体而微。古董摊和书画摊是成都搬来的会府和西玉龙街，铜铁摊是成都搬来的东御街，著名的吴抄手在此有临时分店，临时茶馆菜馆面馆更简直都还是成都城里的那种气派。每个菜馆后面差不多都有个篾篷，一个大篾箱似的东西只留着一个方孔做门，门上挂着大红布帘。里面锣鼓喧聒，川戏，相声，洋琴，大鼓，杂耍，应有尽有。纵横不过一里的地方，除着成都城里所有的形形色色之外，还有乡下人摆的竹器木器花根谷种以至于锄头菜刀水桶烟杆之类。地方小，花样多，所以挤，所以热闹。大家来此，吃，喝，买，卖，“耍”，看，城里人来看乡下人，乡下人来看城里人，男的来看女的，女的来看男的。好一幅仇十洲的《清明上河图》，虽然它所表现的不尽是太平盛世的攘往熙来的盛况。

除掉几条繁盛街道之外，成都在大体上还保存着古代城市的原始风味。舶来品尽管在电光闪烁之下惊心夺目，在幽暗僻静的街道里，铜铁匠还是用钉锤锻生铜制铁制水烟袋，织工们还是在竹框撑紧的蜀锦上一针一线地绣花绣鸟。所有的道地的工商业都还是手工品的工商业。他们的制法和用法都有很长久的传统做基础。要是为实用的，它们必定是坚实耐久；要是为玩耍的，它们必定是精细雅致。一个水桶的提手横木可以粗得像屋梁，一茎狗尾草叶可以编成口眼脚翅全具的蚱蜢或蜻蜓。只要你还保存有几分稚气，花会中所陈列的这些大大小小的物品件件都很可以使你流连。假如你像我的话，有一个好玩的小孩子，你可注意的东西就更多，风车，泥人，木马，小花篮，以及许多形形色色的小玩具都可以使你自慰不虚此行。此外，成都人古董书画之癖在花会里也可以略窥一二。老君堂的里外前后的墙壁都挂满着字画，台阶上都摆满着碑帖。自然，像一般的中国人，成都人也很会制造假古董，也很喜欢买假古董。花会之盛，这也是一个原因。

花会之盛还另有一个原因，就是在一般人心理中，青羊宫里所供奉的那位李老君是神通广大的道教祖。青羊者据说是李老君西升后到成都显圣所骑的牲畜。后人纪念这个圣迹，立祠奉祀。于今青羊宫正殿里还有两头青铜铸成的羊子，一牝一牡，牝左牡右。单讲这两匹羊的形样，委实是值得称赞的艺术品。到花会的人少不得都要摸一摸这两匹羊。据说有病的人摸它们一摸，病就会自然痊愈。摸的地方也有讲究，头病摸头脚病摸脚，错乱不得。古往今来病头病脚以及病非头非脚的地方者大概不少，所以于今这两匹羊周身被摸得精光。羊尚如此，老君本人可知，于是老君堂上满挂着前朝巡抚提督现代省长督军亲书或请人代书的匾额。金光四耀，煞是妙相庄严，到此不由人不肃然起敬，何况青羊宫门槛之高打破任何记录！祈财，祈子，祈福，祈寿，祈官，都得爬过这高门槛向老君进香。爬这高门槛的身手不同，奇态便不免百出。七八十岁的老太太须得放下拐杖，用双手伏在门槛上，然后徐徐把双脚迈过去。至于摩登小姐也有提起旗袍叉口，一大步就迈过去的。大殿上很整秩地摆着一列又一列的棕制蒲团。跪在蒲团上捧香默祷的有乡下佬，有达官富商，也有脚踏高跟皮鞋襟口挂着自来水笔的摩登小姐，如上文所云一大步就迈进门户槛的。在这里新旧两代携手言欢，各表心愿。香炉之旁，例有钱桶。花会时钱桶易满。站在香炉旁烧香的道士此时特别显得油光滑面，喜笑颜开。“临邛道士鸿都客，能以精诚致魂魄”，此风至今未泯也。

成都素有小北平之称。熟习北平的人看到花会自然联想到厂甸的庙会，它们都是交易，宗教，游玩打成一片的。单就陈列品说，厂甸较为丰富精美，但是就天时与地利说，成都花会赶春天在乡村举行，实在占不少的便宜。逛花会不尽是可以凑热闹，买玩意儿，祈财求子，还可以趁风和日暖的时候吐一吐城市的秽浊空气，有如古人的修禊，青羊宫本身固然也不很清洁，那里人山人海中的空气也不见得清新。可是花会逛过了，沿着城西郊马路回城，或是刚出城时沿着城西郊赴花会，平畴在望，清风徐来，路右边一阵又一阵的男男女女带着希望去，左边一阵又一阵的男男女女提着风车或是竹篮回来，真所谓“无边光景一时新”，你纵是老年人，也会觉得年轻十岁了。人过中年，难得常有这样少年的兴致。让我赞美这成都花会啊！

“子非鱼，安知鱼之乐”

——宇宙的人情化

庄子与惠子游于濠梁之上。

庄子曰：“鯈鱼出游从容，是鱼乐也！”

惠子曰：“子非鱼，安知鱼之乐？”

庄子曰：“子非我，安知我不知鱼之乐？”

这是《庄子·秋水》篇里的一段故事，是你平时所欢喜玩味的。我现在借这段故事来说明美感经验中的一个极有趣味的道理。

我们通常都有“以己度人”的脾气，因为有这个脾气，对于自己以外的人和物才能了解。严格地说，各个人都只能直接地了解他自己，都只能知道自己处某种境地，有某种知觉，生某种情感。至于知道旁人旁物处某种境地、有某种知觉、生某种情感时，则是凭自己的经验推测出来的。比如我知道自己在笑时心里欢喜，在哭时心里悲痛，看到旁人笑也就以为他心里欢喜，看见旁人哭也以为他心里悲痛。我知道旁人旁物的知觉和情感如何，都是拿自己的知觉和情感来比拟的。我只知道自己，我知道旁人旁物时是把旁人旁物看成自己，或是把自己推到旁人旁物的地位。庄子看到鲦鱼“出游从容”便觉得它乐，因为他自己对于“出游从容”的滋味是有经验的。人与人，人与物，都有共同之点，所以他们都有互相感通之点。假如庄子不是鱼就无从知鱼之乐，每个人就要各成孤立世界，和其他人物都隔着一层密不通风的墙壁，人与人以及人与物之中便无心灵交通的可能了。

这种“推己及物”“设身处地”的心理活动不尽是有意的、出于理智的，所以它往往发生幻觉。鱼没有反省的意识，是否能够像人一样“乐”，这种问题大概在庄子时代的动物心理学也还没有解决，而庄子硬拿“乐”字来形容鱼的心境，其实不过把他自己的“乐”的心境外射到鱼的身上罢了，他的话未必有科学的谨严与精确。我们知觉外物，常把自己所得的感觉外射到物的本身上去，把它误认为物所固有的属性，于是本来在我的就变成在物的了。比如我们说“花是红的”时，是把红看作花所固有的属性，好像是以为纵使没有人去知觉它，它也还是在那里。其实花本身只有使人觉到红的可能性，至于红却是视觉的结果。红是长度为若干的光波射到眼球网膜上所生的印象。如果光波长一点或是短一点，眼球网膜的构造换一个样子，红的色觉便不会发生。患色盲的人根本就不能辨别红色，就是眼睛健全的人在薄暮光线暗淡时也不能把红色和绿色分得清楚，从此可知，严格地说，我们只能说“我觉得花是红的”。我们通常都把“我觉得”三字略去而直说“花是红的”，于是在我的感觉遂被误认为在物的属性了。日常对于外物的知觉都可作如是观。“天气冷”其实只是“我觉得天气冷”，鱼也许和我不一致；“石头太沉重”其实只是“我觉得它太沉重”，大力士或许还嫌它太轻。

云何尝能飞？泉何尝能跃？我们却常说云飞泉跃；山何尝能鸣？谷何尝能应？我们却常说山鸣谷应。在说云飞泉跃、山鸣谷应时，我们比说花红、石头重，又更进一层了。原来我们只把在我的感觉误认为在物的属性，现在我们却把无生气的东西看成有生气的东西，把它们看作我们的侪辈，觉得它们也有性格，也有情感，也能活动。这两种说话的方法虽不同，道理却是一样，都是根据自己的经验来了解外物。这种心理活动通常叫作“移情作用”。

“移情作用”是把自己的情感移到外物身上去，仿佛觉得外物也有同样的情感。这是一个极普遍的经验。自己在欢喜时，大地山河都在扬眉带笑；自己在悲伤时，风云花鸟都在叹气凝愁。惜别时蜡烛可以垂泪，兴到时青山亦觉点头。柳絮有时“轻狂”，晚峰有时“清苦”。陶渊明何以爱菊呢？因为他在傲霜残枝中见出孤臣的劲节；林和靖何以爱梅呢？因为他在暗香疏影中见出隐者的高标。

从这几个实例看，我们可以看出移情作用是和美感经验有密切关系的。移情作用不一定就是美感经验，而美感经验却常含有移情作用。美感经验中的移情作用不单是由我及物的，同时也是由物及我的；它不仅把我的性格和情感移注于物，同时也把物的姿态吸收于我。所谓美感经验，其实不过是在聚精会神之中，我的情趣和物的情趣往复回流而已。

姑先说欣赏自然美。比如我在观赏一棵古松，我的心境是什么样状态呢？我的注意力完全集中在古松本身的形象上，我的意识之中除了古松的意象之外，一无所有。在这个时候，我的实用的意志和科学的思考都完全失其作用，我没有心思去分别我是我而古松是古松。古松的形象引起清风亮节的类似联想，我心中便隐约觉到清风亮节所常伴着的情感。因为我忘记古松和我是两件事，我就于无意之中把这种清风亮节的气概移置到古松上面去，仿佛古松原来就有这种性格。同时我又不知不觉地受古松的这种性格影响，自己也振作起来，模仿它那一副苍老劲拔的姿态。所以古松俨然变成一个人，人也俨然变成一棵古松。真正的美感经验都是如此，都要达到物我同一的境界；在物我同一的境界中，移情作用最容易发生，因为我们根本就不分辨所生的情感到底是属于我还是属于物的。

再说欣赏艺术美，比如说听音乐。我们常觉得某种乐调快活，某种乐调悲伤。乐调自身本来只有高低、长短、急缓、宏纤的分别，而不能有快乐和悲伤的分别。换句话说，乐调只能有物理而不能有人情。我们何以觉得这本来只有物理的东西居然有人情呢？这也是由于移情作用。这里的移情作用是如何起来的呢？音乐的命脉在节奏。节奏就是长短、高低、急缓、宏纤相继承的关系。这些关系前后不同，听者所费的心力和所用的心的活动也不一致。因此听者心中自起一种节奏和音乐的节奏相平行。听一曲高而缓的调子，心力也随之作一种高而缓的活动；听一曲低而急的调子，心力也随之作一种低而急的活动。这种高而缓或是低而急的心力活动，常蔓延浸润到全部心境，使它变成和高而缓的活动或是低而急的活动相同调，于是听者心中遂感觉一种欢欣鼓舞或是抑郁凄恻的情调。这种情调本来属于听者，在聚精会神之中，他把这种情调外射出去，于是音乐也就有快乐和悲伤的分别了。

再比如说书法。书法在中国向来自成艺术，和图画有同等的身份，近来才有人怀疑它是否可以列于艺术，这般人大概是看到西方艺术史中向来不留位置给书法，所以觉得中国人看重书法有些离奇。其实书法可列于艺术，是无可置疑的。它可以表现性格和情趣。颜鲁公的字就像颜鲁公，赵孟頫的字就像赵孟頫。所以字也可以说是抒情的，不但是抒情的，而且是可以引起移情作用的。横直钩点等等笔画原来是墨涂的痕迹，它们不是高人雅士，原来没有什么“骨力”“姿态”“神韵”和“气魄”。但是在名家书法中我们常觉到“骨力”“姿态”“神韵”和“气魄”。我们说柳公权的字“劲拔”，赵孟頫的字“秀媚”，这都是把墨涂的痕迹看作有生气有性格的东西，都是把字在心中所引起的意象移到字的本身上面去。

移情作用往往带有无意的模仿。我在看颜鲁公的字时，仿佛对着巍峨的高峰，不知不觉地耸肩聚眉，全身的筋肉都紧张起来，模仿它的严肃；我在看赵孟頫的字时，仿佛对着临风荡漾的柳条，不知不觉地展颐摆腰，全身的筋肉都松懈起来，模仿它的秀媚。从心理学看，这本来不是奇事。凡是观念都有实现于运动的倾向。念到跳舞时脚往往不自主地跳动，念到“山”字时口舌往往不由自主地说出“山”字。通常观念往往不能实现于动作者，由于同时有反对的观念阻止它。同时念到打球又念到泅水，则既不能打球，又不能泅水。如果心中只有一个观念，没有旁的观念和它对敌，则它常自动地现于运动。聚精会神看赛跑时，自己也往往不知不觉地弯起胳膊动起脚来，便是一个好例。在美感经验之中，注意力都是集中在一个意象上面，所以极容易起模仿的运动。

移情的现象可以称之为“宇宙的人情化”，因为有移情作用，然后本来只有物理的东西可具人情，本来无生气的东西可有生气。从理智观点看，移情作用是一种错觉，是一种迷信。但是如果把它勾销，不但艺术无由产生，即宗教也无由出现。艺术和宗教都是把宇宙加以生气化和人情化，把人和物的距离以及人和神的距离都缩小。它们都带有若干神秘主义的色彩。所谓神秘主义其实并没有什么神秘，不过是在寻常事物之中见出不寻常的意义。这仍然是移情作用。从一草一木之中见出生气和人情以至于极玄奥的泛神主义，深浅程度虽有不同，道理却是一样。

美感经验既是人的情趣和物的姿态的往复回流，我们可以从这个前提中抽出两个结论来：

一、物的形象是人的情趣的返照。物的意蕴深浅和人的性分密切相关。深人所见于物者亦深，浅人所见于物者亦浅。比如一朵含露的花，在这个人看来只是一朵平常的花，在那个人看或以为它含泪凝愁，在另一个人看或以为它能象征人生和宇宙的妙谛。一朵花如此，一切事物也是如此。因我把自己的意蕴和情趣移于物，物才能呈现我所见到的形象。我们可以说，各人的世界都由各人的自我伸张而成。欣赏中都含有几分创造性。

二、人不但移情于物，还要吸收物的姿态于自我，还要不知不觉地模仿物的形象。所以美感经验的直接目的虽不在陶冶性情，而却有陶冶性情的功效。心里印着美的意象，常受美的意象浸润，自然也可以少存些浊念。苏东坡诗说："宁可食无肉，不可居无竹；无肉令人瘦，无竹令人俗。"竹不过是美的形象之一种，一切美的事物都有不令人俗的功效。

“大人者不失其赤子之心”

——艺术与游戏

一直到现在，我们所讨论的都偏重欣赏。现在我们可以换一个方向来讨论创造了。

既然明白了欣赏的道理，进一步来研究创造，便没有什么困难，因为欣赏和创造的距离并不像一般人所想象的那么远。欣赏之中都寓有创造，创造之中也都寓有欣赏。创造和欣赏都是要见出一种意境，造出一种形象，都要根据想象与情感。比如说姜白石的“数峰清苦，商略黄昏雨”一句词含有一个受情感饱和的意境。姜白石在做这句词时，先须从自然中见出这种意境，然后拿这九个字把它翻译出来。在见到意境的一刹那中，他是在创造也是在欣赏。我在读这句词时，这九个字对于我只是一种符号，我要能认识这种符号，要凭想象与情感从这种符号中领略出姜白石原来所见到的意境，须把他的译文翻回到原文。我在见到他的意境一刹那中，我是在欣赏也是在创造，倘若我丝毫无所创造，他所用的九个字对于我就漫无意义了。一首诗做成之后，不是就变成个个读者的产业，使他可以坐享其成。它也好比一片自然风景，观赏者要拿自己的想象和情趣来交接它，才能有所得。他所得的深浅和他自己的想象与情趣成比例。读诗就是再做诗，一首诗的生命不是作者一个人所能维持住，也要读者帮忙才行。读者的想象和情感是生生不息的，一首诗的生命也就是生生不息的，它并非一成不变的。一切艺术作品都是如此，没有创造就不能有欣赏。

创造之中都寓有欣赏，但是创造却不全是欣赏。欣赏只要能见出一种意境，而创造却须再进一步，把这种意境外射出来，成为具体的作品。这种外射也不是易事，它要有相当的天才和人力，我们到以后还要详论它，现在只就艺术的雏形来研究欣赏和创造的关系。

艺术的雏形就是游戏。游戏之中就含有创造和欣赏的心理活动。个个人不都是艺术家，但个个人却都做过儿童，对于游戏都有几分经验。所以要了解艺术的创造和欣赏，最好是先研究游戏。

骑马的游戏是很普遍的，我们就把它做例来说。儿童在玩骑马的把戏时，他的心理活动可以用这么一段话说出来："父亲天天骑马在街上走，看他是多么好玩！多么有趣！我们也骑来试试看。他的那匹大马自然不让我们骑。小弟弟，你弯下腰来，让我骑！特！特！走快些！你没有气力了吗？我去换一匹马罢。"于是厨房里的竹帚夹在胯下又变成一匹马了。

从这个普遍的游戏中间，我们可以看出几个游戏和艺术的类似点。

一、像艺术一样，游戏把所欣赏的意象加以客观化，使它成为一个具体的情境。小孩子心里先印上一个骑马的意象，这个意象变成他的情趣的集中点（这就是欣赏）。情趣集中时意象大半孤立，所以本着单独观念实现于运动的普遍倾向，从心里外射出来，变成一个具体的情境（这就是创造），于是有骑马的游戏。骑马的意象原来是心镜从外物界所摄来的影子。在骑马时儿童仍然把这个影子交还给外物界。不过这个影子在摄来时已顺着情感的需要而有所选择去取，在脑里打一个翻转之后，又经过一番意匠经营，所以不复是生糙的自然。一个人可以当马骑，一个竹帚也可以当马骑。换句话说，儿童的游戏不完全是模仿自然，它也带有几分创造性。他不仅作骑马的游戏，有时还拣一支粉笔或土块在地上画一个骑马的人。他在一个圆圈里画两点一直一横就成了一个面孔，在下面再安上两条线就成了两只腿。他原来看人物时只注意到这些最刺眼的运动的部分，他是一个印象派的作者。

二、像艺术一样，游戏是一种“想当然耳”的勾当。儿童在拿竹帚当马骑时，心里完全为骑马这个有趣的意象占住，丝毫不注意到他所骑的是竹帚而不是马。他聚精会神到极点，虽是在游戏而却不自觉是在游戏。本来是幻想的世界，却被他看成实在的世界了。他在幻想世界中仍然持着郑重其事的态度。全局尽管荒唐，而各部分却仍须合理。有两位小姊妹正在玩做买卖的把戏，她们的母亲从外面走进来向扮店主的姐姐亲了个嘴，扮顾客的妹妹便抗议说："妈妈，你为什么同开店的人亲嘴？"从这个实例看，我们可以知道儿戏很类似写剧本或是写小说，在不近情理之中仍须不背乎情理，要有批评家所说的"诗的真实"。成人们往往嗤不郑重的事为儿戏，其实成人自己很少像儿童在游戏时那么郑重，那么专心，那么认真。

三、像艺术一样，游戏带有移情作用，把死板的宇宙看成活跃的生灵。我们成人把人和物的界线分得很清楚，把想象的和实在的分得很清楚。在儿童心中这种分别是很模糊的。他把物视同自己一样，以为它们也有生命，也能痛能痒。他拿竹帚当马骑时，你如果在竹帚上扯去一条竹枝，那就是在他的马身上扯去一根毛，在骂你一场之后，他还要向竹帚说几句温言好语。他看见星说是天眨眼，看见露说是花垂泪。这就是我们在前面说过的"宇宙的人情化"。人情化可以说是儿童所特有的体物的方法。人越老就越不能起移情作用，我和物的距离就日见其大，实在的和想象的隔阂就日见其深，于是这个世界也就越没有趣味了。

四、像艺术一样，游戏是在现实世界之外另造一个理想世界来安慰情感。骑竹马的小孩子一方面觉得骑马的有趣，一方面又苦于骑马的不可能，骑马的游戏是他弥补现实缺陷的一种方法。近代有许多学者说游戏起于精力的过剩，有力没处用，才去玩把戏。这话虽然未可尽信，却含有若干真理。人生来就好动，生而不能动，便是苦恼。疾病、老朽、幽囚都是人所最厌恶的，就是它们夺去动的可能。动愈自由即愈使人快意，所以人常厌恶有限而追求无限。现实界是有限制的，不能容人尽量自由活动。人不安于此，于是有种种苦闷厌倦。要消遣这种苦闷厌倦，人于是自架空中楼阁。苦闷起于人生对于“有限”的不满，幻想就是人生对于“无限”的寻求，游戏和文艺就是幻想的结果。它们的功用都在帮助人摆脱实在的世界的缰锁，跳出到可能的世界中去避风息凉。人愈到闲散时愈觉单调生活不可耐，愈想在呆板平凡的世界中寻出一点出乎常轨的偶然的波浪，来排忧解闷。所以游戏和艺术的需要在闲散时愈紧迫。就这个意义说，它们确实是一种“消遣”。

儿童在游戏时意造空中楼阁，大概都现出这几个特点。他们的想象力还没有受经验和理智束缚死，还能去来无碍。只要有一点实事实物触动他们的思路，他们立刻就生出一种意境，在一弹指间就把这种意境渲染成五光十彩。念头一动，随便什么事物都变成他们的玩具，你给他们一个世界，他们立刻就可以造出许多变化离奇的世界来交还你。他们就是艺术家。一般艺术家都是所谓“大人者不失其赤子之心”。

艺术家虽然“不失其赤子之心”，但是他究竟是“大人”，有赤子所没有的老练和严肃。游戏究竟只是雏形的艺术而不就是艺术。它和艺术有三个重要的异点。

一、艺术都带有社会性，而游戏却不带社会性。儿童在游戏时只图自己高兴，并没有意思要拿游戏来博得旁观者的同情和赞赏。在表面看，这似乎是偏于唯我主义，但是这实在由于自我观念不发达。他们根本就没有把物和我分得很清楚，所以说不到求人同情于我的意思。艺术的创造则必有欣赏者。艺术家见到一种意境或是感到一种情趣，自得其乐还不甘心，他还要旁人也能见到这种意境，感到这种情趣。他固然不迎合社会心理去沽名钓誉，但是他是一个热情者，总不免希望世有知音同情。因此艺术不像克罗齐派美学家所说的，只达到“表现”就可以了事，它还要能“传达”。在原始时期，艺术的作者就是全民众，后来艺术家虽自成一阶级，他们的作品仍然是全民众的公有物。艺术好比一棵花，社会好比土壤，土壤比较肥沃，花也自然比较茂盛。艺术的风尚一半是作者造成的，一半也是社会造成的。

二、游戏没有社会性，只顾把所欣赏的意象“表现”出来；艺术有社会性，还要进一步把这种意象传达于天下后世，所以游戏不必有作品而艺术则必有作品。游戏只是逢场作戏，比如儿童堆砂为屋，还未堆成，即已推倒，既已尽兴，便无留恋。艺术家对于得意的作品常加意珍护，像慈母待婴儿一般。音乐家贝多芬常言生存是一大痛苦，如果他不是心中有未尽之蕴要谱于乐曲，他久已自杀。司马迁也是因为要做《史记》，所以隐忍受腐刑的羞辱。从这些实例看，可知艺术家对于艺术比一切都看重。他们自己知道珍贵美的形象，也希望旁人能同样地珍贵它。他自己见到一种精灵，并且想使这种精灵在人间永存不朽。

三、艺术家既然要借作品“传达”他的情思给旁人，使旁人也能同赏共乐，便不能不研究“传达”所必需的技巧。他第一要研究他所借以传达的媒介，第二要研究应用这种媒介如何可以造成美形式出来。比如说做诗文，语言就是媒介。这种媒介要恰能传出情思，不可任意乱用。相传欧阳修《昼锦堂记》首两句本是“仕宦至将相，富贵归故乡”，送稿的使者已走过几百里路了，他还要打发人骑快马去添两个“而”字。文人用字不苟且，通常如此。儿童在游戏时对于所用的媒介决不这样谨慎选择。他戏骑马时遇着竹帚就用竹帚，遇着板凳就用板凳，反正这不过是一种代替意象的符号，只要他自己以为那是马就行了，至于旁人看见时是否也恰能想到马的意象，他却丝毫不介意。倘若画家意在马而画一个竹帚出来，谁人能了解他的原意呢？艺术的内容和形式都要恰能融合一气，这种融合就是美。

总而言之，艺术虽伏根于游戏本能，但是因为同时带有社会性，须留有作品传达情思于观者，不能不顾到媒介的选择和技巧的锻炼。它逐渐发达到现在，已经在游戏前面走得很远，令游戏望尘莫及了。

辑二

此身 此时 此地

生命就是一种奋斗。
不能奋斗，就失去生命的意义与价值；
能奋斗，则世间很少不能征服的困难。

一番语重心长的话

——给现代中国青年

我在大学里教书，前后恰已十年，年年看见大批的学生进来，大批的学生出去。这大批学生中平庸的固居多数，英俊有为者亦复不少。我们辛辛苦苦地把一批又一批的学生训练出来，到毕业之后，他们变成什么样的人，做出什么样的事呢？他们大半被一个共同的命运注定。有官做官，无官教书。就了职业就困于职业，正当的工作消磨了二三分光阴，人事的应付消磨了七八分光阴。他们所学的原来就不很坚实，能力不够，自然做不出什么真正的事业来。时间和环境又不容许他们继续研究，不久他们原有的那一点浅薄学问也就逐渐荒疏，终身只在忙“糊口”。这样一来，他们的个人生命就平平凡凡地溜过去，国家的文化学术和一切事业也就无从发展。还有一部分人因为生活的压迫和恶势力的引诱，由很可有为的青年腐化为土豪劣绅或贪官污吏，把原来读书人的一副面孔完全换过，为非作歹，恬不知耻，使社会上颓风恶习一天深似一天，教育的功用究竟在哪里呢?

想到这点，我感觉到很烦闷。就个人设想，像我这样教书的人把生命断送在粉笔屑中，眼巴巴地希望造就几个人才出来，得一点精神上的安慰，而年复一年地见到出学校门的学生们都朝一条平凡而暗淡的路径走，毫无补于文化的进展和社会的改善。这种生活有何意义？岂不是自误误人？其次，就国家民族的设想，在这严重的关头，性格已固定的一辈子人似已无大希望，可希望的只有少年英俊，国家耗费了许多人力和财力来培养成千成万的青年，也正是希望他们将来能担负国家民族的重任，而结果他们仍随着前一辈子人的覆辙走，前途岂不很暗淡?

青年们常欢喜把社会一切毛病归咎于站在台上的人们，其实在台上的人们也还是受过同样的教育，经过同样的青年阶段，他们也曾同样地埋怨过前一辈子人。由此类推，到我们这一辈子青年们上台时，很可能地仍为下一辈子青年们不满。今日有理想的青年到明日往往变成屈服于事实而抛弃理想的堕落者。章宗祥领导过留日青年，打过媚敌辱国的蔡钧，而这位章宗祥后来做了外交部长，签订了“二十一条”卖国条约。汪精卫投过炸弹，坐过牢，做过几十年的革命工作，而这位汪精卫现在做了敌人的傀儡、汉奸的领袖。许多青年们虽然没有走到这个极端，但投身社会之后，投降于恶势力的实比比皆是。这是一个很可伤心的现象。社会变来变去，而组成社会的人变相没有变质，社会就不会彻底地变好。这五六十年来我们天天在讲教育，教育对于人的质料似乎没有发生很好的影响。这一辈子人睁着眼睛蹈前一辈子人的覆辙，下一辈子人仍然睁着眼睛蹈这一辈子人的覆辙，如此循环展转，一报还一报，“长夜漫漫何时旦”呢？社会所属望最殷的青年们，这事实和问题是值得郑重考虑的！时光向前疾驶，毫不留情去等待人，一转眼青年便变成中年、老年，一不留意便陷到许多中年人和老年人的厄运。这厄运是一部悲惨的三部曲。第一部是悬一个很高的理想，要改造社会；第二部是发见理想与事实的冲突，意志与社会恶势力相持不下；第三部便是理想消灭，意志向事实投降，没有改革社会，反被社会腐化。给它们一个简题，这是“追求”“彷徨”和“堕落”。

青年们，这是一条死路。在你们的天真烂漫的头脑里，它的危险性也许还没有得到深切的了解，你们或许以为自己决不会走上这条路。但是我相信：如果你们没有彻底的觉悟，不拿出强毅的意志力，不下坚苦卓绝的工夫，不作脚踏实地的准备，你们是不成问题地仍走上这条路。数十年之后，你们的生命和理想都毁灭了，社会腐败依然如故，又换了一批像你们一样的青年来，仍是改革不了社会。朋友们，我是过来人，这条路的可怕我并没有夸张，那是绝对不能再走的啊！

耶稣宣传他的福音，说只要普天众生转一个念头，把心地洗干净，一以仁爱为怀，人世就可立成天国。这理想简单到不能再简单，可是也深刻到不能再深刻。极简单的往往是正途大道，因为易为人所忽略，也往往最不易实现。本来是很容易的事而变成最难实现的，这全由于人的愚蠢、怯懦和懒惰。世间事之难就难在人们不知道或是不能够转一个念头，或是转了念头而没有力量坚持到底。幸福的世界里决没有愚蠢者、怯懦者和懒惰者的地位。你要合理地生存，你就要有觉悟、有决心、有奋斗的精神和能力。

“知难行易”，这觉悟一个起点是我们青年所最缺乏的。大家都似在鼓里过日子，闭着眼睛醉生梦死，放弃人类最珍贵的清醒的理性，降落到猪豚一般随人饲养，随人宰割。世间宁有这样痛心的事！青年们，目前只有一桩大事——觉悟——彻底地觉悟！你们正在作梦，需要一个晴天霹雳把你们震醒，把“觉悟”两字震到你们的耳里去。

“条条大路通罗马”。实现人生和改良社会都不必只有一条路径可走。每个人所走的路应该由他自己审度自然条件和环境需要，逐渐摸索出来，只要肯走，迟早总可以走到目的地。无论你走哪一条路，你都必定立定志向要做人；做现代的中国人，你必须有几个基本的认识。

一、时代的认识——人类社会进化逃不掉自然律。关于进化的自然律，科学家们有不同的看法。依达尔文派学者，生物常在生存竞争中，最适者生存，不适者即归淘汰。依克鲁泡特金，社会的维持和发展全靠各分子能分工互助，互助也是本于天性。这两种相反的主张产生了两种不同的国际政治理想。一种理想是拥护战争，生存既是一种竞争，而在竞争中又只有最适者可生存，则造就最适者与维持最适者都必靠战争，战争是文化进展的最强烈的刺激剂。另一种理想是拥护和平，战争只是破坏，在战争中人类尽量发挥残酷的兽性，愈残酷愈贪摧毁，愈不易团结，愈不易共存共荣；要文化发展，我们需要建设，建设需要互助，需要仁爱，也需要和平。这两种理想各有片面的真理，相反适以相成，不能偏废。我们的时代是竞争最激烈的时代，也是最需要互助的时代。竞争是事实，而互助是理想。无论你竞争或是互助，你都要拿出本领来。在竞争中只有最适者才能生存，在互助中最不适者也不见得能坐享他人之成。所谓"最适"就是最有本领，近代的本领是学术思想，是技术，是组织力。无论是个人在国家社会中，或是民族在国际社会中，有了这些本领，才能和人竞争，也才能和人互助，否则你纵想苟且偷生，也必终归淘汰，自然铁律是毫不留情的。

二、国家民族现在地位的认识——我国数千年来闭关自守。固有的文化可以自给自足，而且四围诸国家民族的文化学术水准都比我们的低，不曾感到很严重的外来的威胁。从十九世纪以来，海禁大开，中国变成国际集团中的一分子，局面就陡然大变。我们现在遇到两重极严重的难关。第一，我们固有的文化学术不够应付现时代的环境。我们起初慑于西方科学与物质文明的威力，把固有的文化看得一文不值，主张全盘接受欧化；到现在所接受的还只是皮毛，毫不济事，情境不同，移植的树常不能开花结果，而且从两次大战与社会不安的状况看来，物质文明的误用也很危险，于是又有些人提倡固有文化，以为我们原来固有的全是对的。比较合理的大概是兼收并蓄，就中西两方成就截长补短，建设一种新的文化学术。但是文化学术须有长期的培养，不是像酵母菌可以一朝一夕制造出来的。我们从事于文化学术的人们能力都还太幼稚薄弱，还不配说建设。总之，我们旧的已去，新的未来，在这青黄不接的时候，我们和其他民族竞争或互助，几乎没有一套武器或工具在手里。这是一个极严重的局势。其次，我们现在以全副精力抗战建国。这两重工作中抗战是急需，是临时的；建国是根本，是长久的。多谢贤明领袖的指导与英勇将士的努力，多谢国际局面的转变，我们的抗战已逼近最后的胜利。这是我们的空前的一个好机会，从此我们可以在国际社会中做一个光荣的分子，从此我们可以在历史上开一个新局面。但是这“可以”只是“可能”而不是“必然”，由“可能”变为“必然”，还需要比抗战更坚苦的努力。抗战后还有成千成万的问题亟待解决，有许多恶习积弊要洗清，有许多文化事业和生产事业要建设。我们试问，我们的人才准备能否很有效率地担负这些重大的工作呢？要不然，我们的好机会将一纵即逝，我们的许多光明希望将终成泡影。我们的青年对此须有清晰的认识，须急起直追，抓住好时机不让放过。

三、个人对于国家民族的关系的认识——世界处在这个剧烈竞争的时代，国家民族处在这个一发千钧的关头，我们青年人所处的地位何如呢？有两个重要的前提我们必须认识清楚：

第一，国家民族如果没有出路，个人就决不会有出路；要替个人谋出路，必须先替国家民族谋出路。

第二，个人在社会中如果不能成为有力的分子，则个人无出路，国家民族也无出路。要个人在社会中成为有力的分子，必须有德、有学、有才，而德行、学问、才具都须经过坚苦的努力才可以得到。

以往我们青年的错误就在对这两个前提毫无认识。大家都只为个人打计算，全不替国家民族着想。我们忙着贪图个人生活的安定和舒适，不下工夫培养造福社会的能力，不能把自己所应该做的事做好，一味苟且敷衍，甚至用种种不正当的手段去求个人安富尊荣，钻营、欺诈、贪污，无所不至，这样一来，把社会弄得日渐腐败，国家弄得日渐贫弱。这是一条不能再走的死路，我已一再警告过。我们必须痛改前非，把一切自私的动机痛痛快快地斩除干净，好好地在国家民族的大前提上做工夫。我们须知道，我们事事不如人，归根究竟，还是我们的人不如人。现在要抬高国家民族的地位，我们每个人必须培养健全的身体、优良的品格、高深的学术和熟练的技能，把自己造成社会中一个有力的分子。

这是三个最基本的认识。我们必须有这些认识，再加以坚苦卓绝的精神去循序实行，到死不懈，我们个人，我们国家民族才能踏上光明的大道。最后，我还须着重地说，我们需要彻底的觉悟。

朝抵抗力最大的路径走

我提出这个题目来谈，是根据一点亲身的经验。有一个时候，我学过做诗填词。往往一时兴到，我信笔直书，心里想到什么，就写什么，写成了自己读读看，觉得很高兴，自以为还写得不坏，后来我把这些处女作拿给一位精于诗词的朋友看，请他批评，他仔细看了一遍后，很坦白地告诉我说："你的诗词未尝不能做，只是你现在所做的还要不得。"我就问他："毛病在哪里呢？"他说："你的诗词都来得太容易，你没有下过力，你欢喜取巧，显小聪明。"听了这话，我捏了一把冷汗，起初还有些不服，后来对于前人作品多费过一点心思，才恍然大悟那位朋友批评我的话真是一语破的。我的毛病确是在没有下过力。我过于相信自然流露，没有知道第一次浮上心头的意思往往不是最好的意思，第一次浮上心头的词句也往往不是最好的词句。意境要经过洗炼，表现意境的词句也要经过推敲，才能脱去渣滓，达到精妙境界。洗炼推敲要吃苦费力，要朝抵抗力最大的路径走。福楼拜自述写作的辛苦说：“写作要超人的意志，而我却只是一个人！”我也有同样感觉，我缺乏超人的意志，不能拼死力往里钻，只朝抵抗力最低的路径走。

这一点切身的经验使我受到很深的感触。它是一种失败，然而从这种失败中我得到一个很好的教训。我觉得不但在文艺方面，就在立身处世的任何方面，贪懒取巧都不会有大成就，要有大成就，必定朝抵抗力最大的路径走。

“抵抗力”是物理学上的一个术语。凡物在静止时都本其固有“惰性”而继续静止，要使它动，必须在它身上加“动力”，动力愈大，动愈速愈远。动的路径上不能无抵抗力，凡物的动都朝抵抗力最低的方向。如果抵抗力大于动力，动就会停止，抵抗力纵是低，聚集起来也可以使动力逐渐减少以至于消灭，所以物不能永动，静止后要它续动，必须加以新动力。这是物理学上一个很简单的原理，也可以应用到人生上面。人像一般物质一样，也有惰性，要想他动，也必须有动力。人的动力就是他自己的意志力。意志力愈强，动愈易成功；意志力愈弱，动愈易失败。不过人和一般物质有一个重要的分别：一般物质的动都是被动，使它动的动力是外来的；人的动有时可以是主动，使他动的意志力是自生自发自给自足的。在物的方面，动不能自动地随抵抗力之增加而增加；在人的方面，意志力可以自动地随抵抗力之增加而增加，所以物质永远是朝抵抗力最低的路径走，而人可以朝抵抗力最大的路径走。

物的动必终为抵抗力所阻止，而人的动可以不为抵抗力所阻止。

照这样看，人之所以为人，就在能不为最大的抵抗力所屈服。我们如果要测量一个人有多少人性，最好的标准就是他对于抵抗力所拿出的抵抗力，换句话说，就是他对于环境困难所表现的意志力。我在上文说过，人可以朝抵抗力最大的路径走，人的动可以不为抵抗力所阻。我说“可以”不说“必定”，因为世间大多数人仍是惰性大于意志力，欢喜朝抵抗力最低的路径走，抵抗力稍大，他就要缴械投降。这种人在事实上失去最高生命的特征，堕落到无生命的物质的水平线上，和死尸一样东推东倒，西推西倒。他们在道德、学问、事功各方面都决不会有成就，万一以庸庸得厚福，也是叨天之幸。

人生来是精神所附丽的物质，免不掉物质所常有的惰性。抵抗力最低的路径常是一种引诱，我们还可以说，凡是引诱所以能成为引诱，都因为它是抵抗力最低的路径，最能迎合人的惰性。惰性是我们的仇敌，要克服惰性，我们必须动员坚强的意志力，不怕朝抵抗力最大的路径走。走通了，抵抗力就算被征服，要做的事也就算成功。举一个极简单的例子。在冬天早晨，你睡在热被窝里很舒适，心里虽知道这应该是起床的时候而你总舍不得起来。你不起来，是顺着惰性，朝抵抗力最低的路径走。被窝的暖和舒适，外面的空气寒冷，多躺一会儿的种种借口，对于起床的动作都是很大的抵抗力，使你觉得起床是一件天大的难事。但是你如果下一个决心，说非起来不可，一耸身你也就起来了。这一起来事情虽小，却表示你对于最大抵抗力的征服，你的企图的成功。

这是一个琐屑的事例，其实世间一切事情都可作如此看法。历史上许多伟大人物所以能有伟大成就者，大半都靠有极坚强的意志力，肯向抵抗力最大的路径走。例如孔子，他是当时一个大学者，门徒很多，如果他贪图个人的舒适，大可以坐在曲阜过他安静的学者的生活。但是他毕生东奔西走，席不暇暖，在陈绝过粮，在匡遇过生命的危险，他那副奔波劳碌栖栖遑遑的样子颇受当时隐者的嗤笑。他为什么要这样呢？就因为他有改革世界的抱负，非达到理想，他不肯罢休。《论语》长沮桀溺章最足见出他的心事。长沮、桀溺二人隐在乡下耕田，孔子叫子路去向他们问路，他们听说是孔子，就告诉子路说："滔滔者天下皆是也，而谁以易之！"意思是说，于今世道到处都是一般糟，谁去理会它、改革它呢？孔子听到这话叹气说："鸟兽不可与同群，吾非斯人之徒与而谁与？天下有道，丘不与易也。"意思是说，我们既是人就应做人所应该做的事；如果世道不糟，我自然就用不着费气力去改革它。孔子平生所说的话，我觉得这几句最沉痛，最伟大。长沮、桀溺看天下无道，就退隐躬耕，是朝抵抗力最低的路径走，孔子看天下无道，就牺牲一切要拼命去改革它，是朝抵抗力最大的路径走。他说得很干脆，"天下有道，丘不与易也"。

再如耶稣，从《新约》中四部《福音》看，他的一生都是朝抵抗力最大的路径走。他抛弃父母兄弟，反抗当时旧犹太宗教，攻击当时的社会组织，要在慈爱上建筑一个理想的天国，受尽种种困难艰苦，到最后牺牲了性命，都不肯放弃他的理想。在他的生命史中有一段是一发千钧的危机。他下决心要宣传天国福音后，跑到沙漠里苦修了四十昼夜。据他的门徒记载，这四十昼夜中他不断地受恶魔引诱。恶魔引诱他去争尘世的威权，去背叛上帝，崇拜恶魔自己。耶稣经过四十昼夜的挣扎，终于拒绝恶魔的引诱，坚定了对于天国的信念。从我们非教徒的观点看，这段恶魔引诱的故事是一个寓言，表示耶稣自己内心的冲突。横在他面前的有两条路：一是上帝的路，一是恶魔的路。走上帝的路要牺牲自己，走恶魔的路他可以握住政权，享受尘世的安富尊荣。经过了四十昼夜的挣扎，他决定了走抵抗力最大的路——上帝的路。

我特别在耶稣生命中提出恶魔引诱的一段故事，因为它很可以说明宋明理学家所说的天理与人欲的冲突。我们一般人尽善尽恶的不多见，性格中往往是天理与人欲杂糅，有上帝也有恶魔，我们的生命史常是一部理与欲、上帝与恶魔的斗争史。我们常在歧途徘徊，理性告诉我们向东，欲念却引诱我们向西。在这种时候，上帝的势力与恶魔的势力好像摆在天平的两端，见不出谁轻谁重。这是“一发千钧”的时候，“一失足即成千古恨”，一挣扎立即可成圣贤豪杰。如果要上帝的那一端天平沉重一点，我们必须在上面加一点重量，这重量就是拒绝引诱，克服抵抗力的意志力。有些人在这紧要关头拿不出一点意志力，听惰性摆布，轻轻易易地堕落下去，或是所拿的意志力不够坚决，经过一番冲突之后，仍然向恶魔缴械投降。例如洪承畴本是明末一个名臣，原来也很想效忠明朝，恢复河山，清兵入关后，大家都预料他以死殉国，清兵百计劝诱他投降，他原也很想不投降，但是到最后终于抵不住生命的执着与禄位的诱惑，做了明朝的汉奸。再举一个眼前的例子，汪精卫前半生对于民族革命很努力，当这次抗战开始时，他广播演说也很慷慨激昂。谁料到他利禄熏心，一经敌人引诱，就起了卖国叛党的坏心思。依陶希圣的记载，他在上海时似仍感到良心上的痛苦，如果他拿出一点意志力，即早回头，或以一死谢国人，也还不失为知过能改的好汉。但是他拿不出一点意志力，就认错就错，甘心认贼作父。世间许多人失节败行，都像汪精卫、洪承畴之流，在紧要关头，不肯争一口气，就马马虎虎地朝抵抗力最低的路径走。

这是比较显著的例，其实我们涉身处世，随时随地目前都横着两条路径，一是抵抗力最低的，一是抵抗力最大的。比如当学生，不死心踏地去做学问，只敷衍功课，混分数文凭；毕业后不拿出本领去替社会服务，只奔走巴结，夤缘幸进，以不才而在高位；做事时又不把事当事做，只一味因循苟且，敷衍公事，甚至于贪污淫逸，遇钱即抓，不管它来路正当不正当——这都是放弃抵抗力最大的路径而走抵抗力最低的路径。这种心理如充类至尽，就可以逐渐使一个人堕落。我常穷究目前中国社会腐败的根源，以为一切都由于懒。懒，所以苟且因循敷衍，做事不认真；懒，所以贪小便宜，以不正当的方法解决个人的生计；懒，所以随俗浮沉，一味圆滑，不敢为正义公道奋斗；懒，所以遇引诱即堕落，个人生活无纪律，社会生活无秩序。知识阶级懒，所以文化学术无进展；官吏懒，所以政治不上轨道；一般人都懒，所以整个社会都“吊儿郎当”，暮气沉沉。懒是百恶之源，也就是朝抵抗力最低的路径走。如果要改造中国社会，第一件心理的破坏工作是除懒，第一件心理的建设工作是提倡奋斗精神。

生命就是一种奋斗。不能奋斗，就失去生命的意义与价值；能奋斗，则世间很少不能征服的困难。古话说得好，“有志者事竟成”。希腊最大的演说家是德摩斯梯尼，他生来口吃，一句话也说不清楚，但他抱定决心要成为一个大演说家，他天天一个人走到海边，向着大海练习演说，到后来居然达到了他的志愿。这个实例阿德勒派心理学家常喜援引。依他们说，人自觉有缺陷，就起“卑劣意识”，自耻不如人，于是心中就起一种“男性的抗议”，自己说我也是人，我不该不如人，我必用我的意志力来弥补天然的缺陷。阿德勒派学者用这原则解释许多伟大人物的非常成就，例如聋子成为大音乐家，瞎子成为大诗人之类。我觉得一个人的紧要关头在起“卑劣意识”的时候。起“卑劣意识”是知耻，孔子说得好，“知耻近乎勇”。但知耻虽近乎勇而却不就是勇。能勇必定有阿德勒派所说的“男性的抗议”。“男性的抗议”就是认清了一条路径上抵抗力最大而仍然勇往直前，百折不挠。许多人虽天天在“卑劣意识”中过活，却永不能发“男性的抗议”，只知怨天尤人，甚至于自己不长进，希望旁人也跟着他不长进，看旁人长进，只怀满肚子醋意。这种人是由知耻回到无耻，注定地要堕落到十八层地狱，永不超生。

能朝抵抗力最大的路径走，是人的特点。人在能尽量发挥这特点时，就足见出他有富裕的生活力。一个人在少年时常是朝气勃勃，有志气，肯干，觉得世间无不可为之事，天大的困难也不放在眼里。到了年事渐长，受过了一些磨折，他就逐渐变成暮气沉沉，意懒心灰，遇事都苟且因循，得过且过，不肯出一点力去奋斗。一个人到了这时候，生活力就已经枯竭，虽是活着，也等于行尸走肉，不能有所作为了。所以一个人如果想奋发有为，最好是趁少年血气方刚的时候，少年时如果能努力，养成一种勇往直前百折不挠的精神，老而益壮，也还是可能的。

一个人的生活力之强弱，以能否朝抵抗力最大的路径为准，一个国家或是一个民族也是如此。这个原则有整个的世界史证明。姑举几个显著的例，西方古代最强悍的民族莫如罗马人，我们现在说到能吃苦肯干，重纪律，好冒险，仍说是“罗马精神”。因其有这种精神，所以罗马人东征西讨，终于统一了欧洲，建立一个庞大的殖民帝国。后来他们从殖民地获得丰富的资源，一般罗马公民都可以坐在家里不动而享受富裕的生活，于是变成骄奢淫逸，无恶不为，一到新兴的“野蛮”民族从欧洲东北角向南侵略，罗马人就毫无抵抗而分崩瓦解。再如满清，他们在入关以前过的是骑猎生活，民性最强悍，很富于吃苦冒险的精神，所以到明末张李之乱社会腐败紊乱时，他们以区区数十万人之力就能入主中夏。可是他们做了皇帝之后，一切皇亲国戚都坐着不动吃皇粮，享大位，过舒服生活，不到三百年，一个新兴民族就变成腐败不堪，辛亥革命起，我们就轻轻易易地把他们推翻了。我们如果要明白一个民族能够堕落到什么地步，最好去看看北平的旗人。

我们中华民族在历史上经过许多波折，从周秦到现在，没有哪一个时代我们不遇到很严重的内忧，也没有哪一个时代我们没有和邻近的民族挣扎，我们爬起来蹶倒，蹶倒了又爬起，如此者已不知若干次。从这简单的史实看，我们民族的生活力确是很强旺，它经过不断的奋斗才维持住它的生存权。这一点祖传的力量是值得我们尊重的。

于今我们又临到严重的关头了。横在我们面前的只有两条路，一是汪精卫和一班汉奸所走的，抵抗力最低的，屈伏；一是我们全民族所走的，抵抗力最大的，抗战。我相信我们民族的雄厚的生活力能使我们克服一切困难。不过我们也要明白，我们的前途困难还很多，抗战胜利只解决困难的一部分，还有政治、经济、文化、教育各方面的建设工作需要更大的努力。一直到现在，我们所拿出来的奋斗精神还是不够。因循、苟且、敷衍，种种病象在社会上还是很流行。我们还是有些老朽，我们应该趁早还童。

孟子说："天将降大任于斯人也，必先苦其心志，劳其筋骨，饿其体肤，空乏其身，行拂乱其所为，所以动心忍性，增益其所不能。"于今我们的时代是"天将降大任于斯人"的时代了，孟子所说的种种磨折，我们正在亲领身受。我希望每个中国人，尤其是青年们，要明白我们的责任，本着大无畏的精神，不顾一切困难，向前迈进。

谈立志

抗战以前与抗战以来的青年心理有一个很显然的分别：抗战以前，普通青年的心理变态是烦闷；抗战以来，普通青年的心理变态是消沉，烦闷大半起于理想与事实的冲突。在抗战以前，青年对于自己前途有一个理想，要有一个很好的环境求学，再有一个很好的职业做事；对于国家民族也有一个理想，要把侵略的外力打倒，建设一个新的社会秩序。这两种理想在当时都似很不容易实现，于是他们急躁不耐烦，失望，以至于苦闷。抗战发生时，我们民族毅然决然地拼全副力量来抵挡侵略的敌人，青年们都兴奋了一阵，积压许久的郁闷为之一畅。但是这种兴奋到现在似已逐渐冷静下去，国家民族的前途比从前光明，个人求学就业也比从前容易，虽然大家都硬着脖子在吃苦，可是振作的精神似乎很缺乏。在学校的学生们对功课很敷衍，出了学校就职业的人们对事业也很敷衍，对于国家大事和世界政局没有像从前那样关切。这是一个很可忧虑的现象，因为横在我们面前的还有比抗敌更艰难的局面，需要更坚决更沉着的努力来应付，而我们青年现在所表现的精神显然不足以应付这种艰难的局面。

如果换个方式来说，从前的青年人病在志气太大，目前的青年人病在志气太小，甚至于无志气。志气太大，理想过高，事实迎不上头来，结果自然是失望烦闷；志气太小，因循苟且，麻木消沉，结果就必至于堕落。所以我们宁愿青年烦闷，不愿青年消沉。烦闷至少是对于现实的欠缺还有敏感，还可以激起努力；消沉对于现实的欠缺就根本麻木不仁，决不会引起改善的企图。但是说到究竟，烦闷之于消沉也不过是此胜于彼，烦闷的结果往往是消沉，犹如消沉的结果往往是堕落。目前青年的消沉与前五六年青年的烦闷似不无关系。烦闷是耗费心力的，心力耗费完了，连烦闷也不曾有，那便是消沉。

一个人不会生来就烦闷或消沉的，因为人都有生气，而生气需要发扬，需要活动。有生气而不能发扬，或是活动遇到阻碍，才会烦闷和消沉。烦闷是感觉到困难，消沉是无力征服困难而自甘失败。这两种心理病态都是挫折以后的反应。一个人如果经得起挫折，就不会起这种心理变态。所谓经不起挫折，就是没有决心和勇气，就是意志薄弱。意志薄弱经不起挫折的人往往有一套自宽自解的话，就是把所有的过错都推诿到环境。明明是自己无能，而埋怨环境不允许我显本领；明明是自己甘心作坏人，而埋怨环境不允许我做好人。这其实是懦夫的心理，对于自己全不肯负责任。环境永远不会美满的，万一它生来就美满，人的成就也就无甚价值。人所以可贵，就在他不像猪豚，被饲而肥，他能够不安于污浊的环境，拿力量来改变它、征服它。

普通人的毛病在责人太严，责己太宽。埋怨环境还由于缺乏自省自责的习惯。自己的责任必须自己担当起，成功是我的成功，失败也是我的失败。每个人是他自己的造化主，环境不足畏，犹如命运不足信。我们的民族需要自力更生。我们每个人也是如此。我们的青年必须先有这种觉悟，个人和国家民族的前途才有希望。能责备自己，信赖自己，然后自己才会打出一个江山来。

我们有一句老话："有志者事竟成。"这话说得很好，古今中外在任何方面经过艰苦奋斗而成功的英雄豪杰都可以做例证。志之成就是理想的实现。人为的事实都必基于理想，没有理想决不能成为人为的事实。譬如登山，先须存念头去登，然后一步一步地走上去，最后才会达到目的地。如果根本不起登的念头，登的事实自无从发生。这是浅例。世间许多行尸走肉浪费了他们的生命，就因为他们对于自己应该做的事不起念头。许多以教育为事业的人根本不起念头去研究，许多以政治为事业的人根本不起念头为国民谋幸福。我们的文化落后，社会紊乱，不就由于这个极简单的原因么？这就是上文所谓"消沉""无志气"。"有志者事竟成"，无志者事就不成。

不过“有志者事竟成”一句话也很容易发生误解，“志”字有几种意义：一是念头或愿望（wish），一是起一个动作时所存的目的（purpose），一是达到目的的决心（will, determination）。譬如登山，先起登的念头，次要一步一步地走，而这走必步步以登为目的，路也许长，障碍也许多，须抱定决心，不达目的不止，然后登的愿望才可以实现，登的目的才可以达到。“有志者事竟成”的志，须包含这三种意义在内：第一要起念头，其次要认清目的和达到目的之方法，第三是抱必达目的之决心。很显然的，要事之成，其难不在起念头，而在目的之认识与达到目的之决心。

有些人误解立志只是起念头。一个小孩子说他将来要做大总统，一个乞丐说他成了大阔佬要砍他的仇人的脑袋，所谓“癞蛤蟆想吃天鹅肉”，完全不思量达到这种目的所必有的方法或步骤，更不抱定循这方法步骤去达到目的之决心，这只是狂妄，不能算是立志。世间有许多人不肯学乘除加减而想将来做算学的发明家，不学军事、学当兵打仗而想将来做大元帅东征西讨，不切实培养学问技术而想将来做革命家改造社会，都是犯这种狂妄的毛病。

如果以起念头为立志，则有志者事竟不成之例甚多。愚公尽可移山，精卫尽可填海，而世间却实有不可能的事情。我们必须承认“不可能”的真实性。所谓“不可能”，就是俗语所谓“没有办法”，没有一个方法和步骤去达到所悬想的目的。没有认清方法和步骤而想达到那个目的，那只是痴想而不是立志，志就是理想，而理想的理想必定是可实现的理想。理想普通有两种意义，一是“可望而不可攀，可幻想而不可实现的完美”，比如许多宗教都以长生不老为人生理想，它成为理想，就因为事实上没有人长生不老。理想的另一意义是“一个问题的最完美的答案”，或是“可能范围以内的最圆满的解决困难的办法”。比如长生不老虽非人力所能达到，而强健却是人力所能达到的，就人的能力范围来说，强健是一个合理的理想。这两种意义的分别在一个蔑视事实条件，一个顾到事实条件，一个渺茫无稽，一个有方法步骤可循。严格地说，前一种是幻想、痴想而不是理想，是理想都必顾到事实。在理想与事实起冲突时，错处不在事实而在理想。我们必须接受事实，理想与事实背驰时，我们应该改变理想。坚持一种不合理的理想而至死不变只是匹夫之勇，只是“猪武”。我特别着重这一点，因为有些道德家在盲目地说坚持理想，许多人在盲目地听。

我们固然要立志，同时也要度德量力。卢梭在他的教育名著《爱弥儿》里有一段很透辟的话，大意是说人生幸福起于愿望与能力的平衡。一个人应该从幼时就学会在自己能力范围以内起愿望，想做自己所能做的事，也能做自己所想做的事。这番话出诸浪漫色彩很深的卢梭尤其值得我们玩味。卢梭自己有时想入非非，因此吃过不少的苦头，这番话实在是经验之谈。许多烦闷，许多失败，都起于想做自己所不能做的事，或是不能做自己所想做的事。

志气成就了许多人，志气也毁坏了许多人。既是志，实现必不在目前而在将来。许多人拿立志远大作借口，把目前应做的事延宕贻误。尤其是青年们欢喜在遥远的未来摆一个黄金时代，把希望全寄托在那上面，终日沉醉在迷梦里，让目前宝贵的时光与机会错过，徒贻后日无穷之悔。我自已从前有机会学希腊文和意大利文时，没有下手，买了许多文法读本，心想到四十岁左右时当有闲暇岁月，许我从容自在地自修这些重要的文字，现在四十过了几年了，看来这一生似不能与希腊文和意大利文有缘分了，那箱书籍也恐怕只有摆在那里霉烂了。这只是一例。我生平有许多事叫我追悔，大半都像这样“志在将来”而转眼即空空过去。“延”与“误”永是连在一起，而所谓“志”往往叫我们由“延”而“误”。所谓真正立志，不仅要接受现在的事实，尤其要抓住现在的机会。如果立志要做一件事，那件事的成功尽管在很远的将来，而那件事的发动必须就在目前一顷刻。想到应该做，马上就做，不然，就不必发下一个空头愿。发空头愿成了一个习惯，一个人就会永远在幻想中过活，成就不了任何事业，听说抽鸦片烟的人想头最多，意志力也最薄弱。老是在幻想中过活的人在精神方面颇类似烟鬼。

我在很早的一篇文章里提出我个人做人的信条，现在想起，觉得其中仍有可取之处，现在不妨趁此再提出供读者参考。我把我的信条叫作“三此主义”，就是此身，此时，此地。一、此身应该做而且能够做的事，就得由此身担当起，不推诿给旁人。二、此时应该做而且能够做的事，就得在此时做，不拖延到未来。三、此地（我的地位，我的环境）应该做而且能够做的事，就得在此地做，不推诿到想象中的另一地位去做。

这是一个极现实的主义。本分人做本分事，脚踏实地，丝毫不带一点浪漫情调。我相信如果我们能够彻底地照着做，不至于很误事。西谚说得好：“手中的一只鸟，值得林中的两只鸟。”许多“有大志”者往往为着觊觎林中的两只鸟，让手中的一只鸟安然逃脱。

谈摆脱

朋友：

近来研究黑格尔（Hegel）讨论悲剧的文章，有时拿他的学说来印证实际生活，颇觉欣然有会意。许久没有写信给你，现在就拿这点道理作谈料。

黑格尔对于古今悲剧，最推尊希腊索福克勒斯（Sophocles）的《安提戈涅》（*Antigone*）。安提戈涅的哥哥因为争王位，借重敌国的兵攻击他自己的祖国忒拜，他在战场中被打死了。忒拜新王克瑞翁（Creon）悬令，如有人敢收葬他，便处死罪，因为他是一个国贼。安提戈涅很像中国的聂嫈，毅然不避死刑，把她哥哥的尸骨收葬了。安提戈涅又是和克瑞翁的儿子海蒙（Haemon）订过婚的，她被绞以后，海蒙痛恨他，也自杀了。

黑格尔以为凡悲剧都生于两理想的冲突，而《安提戈涅》是最好的实例。就克瑞翁说，做国王的职责和做父亲的职责相冲突。

就安提戈涅说，做国民的职责和做妹妹的职责相冲突。就海蒙说，做儿子的职责和做情人的职责相冲突。因此冲突，故三方面结果都是悲剧。

黑格尔只是论文学，其实推广一点说，人生又何尝不是一种理想的冲突场？不过实在界和舞台有一点不同，舞台上的悲剧生于冲突之得解决，而人生的悲剧则多生于冲突之不得解决。生命途程上的歧路尽管千差万别，而实际上只有一条路可走，有所取必有所舍，这是自然的道理。世间有许多人站在歧路上只徘徊顾虑，既不肯有所舍，便不能有所取。世间也有许多人既走上这一条路，又念念不忘那一条路。结果也不免差误时光。“鱼我所欲，熊掌亦我所欲，二者不可得兼，舍鱼而取熊掌可也。”有这样果决，悲剧决不会发生。悲剧之发生就在既不肯舍鱼，又不肯舍熊掌，只在那儿垂涎打算盘。这个道理我可以举几个实例来说明：

“禾”是一个大学生，很好文学，而他那一班的功课有簿记、有法律，都是他所厌恶的。他每见到我便愁眉蹙额的说：“真是无聊！天天只是预备考试！天天只是读这些没有意味的课本！”我告诉他：“你既不欢喜那些东西，便把它们丢开就是了。”他说：“既然花了家里的钱进学堂，总得要勉强敷衍考试才是。”我说：“你要敷衍考试，就敷衍考试就是了。”然而他天天嫌恶考试，天天又还在那儿预备考试。

我有一个幼时的同学恋爱了一个女子。他的家庭极力阻止他。

他每次来信都向我诉苦。我去信告诉他说："你既然爱她，便毅然不顾一切去爱她就是了。"他又说："家庭骨肉的恩爱就能够这样恝然置之么？"我回复他说："事既不能两全，你便应该趁早疏绝她。"但是他到现在还是犹豫不知所可，还是照旧叫苦。

"禹"也是一个旧相识。他在衙门里充当一个小差事。他很能做文章，家里虽不丰裕，也还不至于没有饭吃。衙门里案牍和他的脾胃不很合，而且妨碍他著述。他时常觉得他的生活没有意味，和我谈心时，不是说："嗳，如果我不要就这个事，这本稿子久已写成了。"就是说："这事简直不是人干的，我回家陪妻子吃糙米饭去了！"像这样的话我也不知道听他说过多少回数，但是他还是依旧风雨无阻地去应卯。

这些朋友的毛病都不在"见不到"而在"摆脱不开"。"摆脱不开"便是人生悲剧的起源。畏首畏尾，徘徊歧路，心境既多苦痛，而事业也不能成就。许多人的生命都是这样模模糊糊地过去的。要免除这种人生悲剧，第一须要"摆脱得开"。消极说是"摆脱得开"，积极说便是"提得起"，便是"抓得住"。认定一个目标，便专心致志地向那里走，其余一切都置之度外，这是成功的秘诀，也是免除烦恼的秘诀。现在姑且举几个实例来说明我所谓"摆脱得开"。

释迦牟尼当太子时，乘车出游，看到生老病死的苦状，便恍然解悟人生虚幻，把慈父、娇妻、爱子和王位一齐抛开，深夜遁入深山，静坐菩提树下，冥心默想解脱人类罪苦的方法。这是古今第一个知道摆脱的人。其次如苏格拉底，如耶稣，如屈原，如文天祥，为保持人格而从容就死，能摆脱开一般人所摆脱不开的生活欲，也很可以廉顽立懦。再其次如希腊第欧根尼提倡克欲哲学，除一个饮水的杯子和一个盘坐的桶子以外，身旁别无长物，一日见童子用手捧水喝，他便把饮水的杯子也掷碎。犹太斯宾诺莎学说与犹太教义不合，犹太教徒行贿不遂，把他驱逐出籍，他以后便专靠磨镜过活。他在当时是欧洲第一个大哲学家，海得尔堡大学请他去当哲学教授，他说："我还是磨我的镜子比较自由。"所以谢绝教授的位置。这是能为真理为学问摆脱一切的。卓文君逃开富家的安适，去陪司马相如当垆卖酒，是能为恋爱摆脱一切的。张翰在齐做大司马东曹掾，一天看见秋风乍起，想起吴中菰菜莼羹鲈鱼脍，立刻就弃官归里。陶渊明做彭泽令，不愿束带见督邮，向县吏说："我岂能为五斗米折腰向乡里小儿！"立即解绶辞官。这是能摆脱禄位以行吾心所安的。英国小说家司各特早年颇致力于诗，后读拜伦著作，知道自己在诗的方面不能有大成就，便丢开音律专去做他的小说。这是能为某一种学问而摆脱开其他学问之引诱的。孟敏堕甑，不顾而去。郭林宗问他的缘故，他回答说："甑已碎，顾之何益？"这是能摆脱过去失败的。

斯蒂文森论文，说文章之术在知遗漏（the art of omitting），其实不独文章如是，生活也要知所遗漏。我幼时，有一位最敬爱的国文教师看出我不知摆脱的毛病，尝在我的课卷后面加这样的批语："长枪短戟，用各不同，但精其一，已足致胜。汝才有偏向，姑发展其所长，不必广心博骛也。"十年以来，说了许多废话，看了许多废书，做了许多不中用的事，走了许多没有目标的路，多尝试，少成功，回忆师训，殊觉赧然，冷眼观察，世间像我这样暗中摸索的人正亦不少。大节固不用说，请问街头那纷纷群众忙的为什么？为什么天天做明知其无聊的工作，说明知其无聊的话，和明知其无聊的朋友假意周旋？在我看来，这都由于"摆脱不开"。因为人人都"摆脱不开"，所以生命便成了一幕最大的悲剧。

朋友，我写到这里，已超过寻常篇幅，把上面所写的翻看一过，觉得还没有把"摆脱"的道理说得透。我只谈到粗浅处，细微处让你自已暇时细心体会。

你的朋友　光潜

消除烦闷与超脱现实

王君光祈在本志《学生》(生活号)发表的《中国人之生活颠倒》那篇文章，把青年烦闷之最大原因，可算说得透辟极了。不过王君的娓娓动听的文笔很遮盖一些美中不足。人生各时期有各时期的嗜好，要有机会自由发展，免得斫丧生机。这话固然含有至理。但是假使吾人都能及时行乐，不至有“过时之感”，世间便可以没有烦闷苦恼么？在王君的意见，欧洲人无论男女老幼都及时行乐，所以他们的生活最愉快。但是我们研究欧洲近代文学，似乎觉得欧洲人心窝里也还有许多忧愁愤懑。罗素到中国看见农夫走贩，和寺庙里罗汉菩萨一样，都满面带着笑容，以为中国人是最能快乐的一个民族，非欧洲人梦想所能及。从这点看起来，各人自己的苦乐，只有各人自己心里晓得。我们不能假定欧洲人没有过时之感，所以就没有烦闷；而推论到烦闷的原因完全由于过时之感，只要及时行乐，便不会有烦闷。

理想上可然的事情，没有限制，事实上竟然的事情，就要受环境的因果律支配。欲望跟着理想走，是一件随时伸缩不可餍足的东西，背着太阳走路，影子比身子总要前一步。欲望和行乐的关系，也很像影子和身子。你今天及时行乐吗？你的欲望已跑前一步了。假使明天有机会餍足今天的欲望，后天又有机会餍足明天的欲望，如此展转下去，有求必应；那么，烦闷自无从发生，王君的原理，自然可以成天经地义。但是世事不尽由人算。实际上我们许多的梦想，到底都石沉云散归于乌有。欲望不餍足，就是失望的代名词；失望又可以说是烦闷的代名词。那么，因为乐到这步田地，望到那步田地，失望便烦闷；我们可以说，今天行乐便种下明天烦闷的种子。这样凭空说话，人家或者要骂我玄之又玄。现在说一个具体的例子。吃早饭没中饭的穷措大，看见别人食前方丈，便以为到了这步田地，就尽了人生之乐事了。但是他既然狂饮大嚼，看见坐高车驱驷马的人，又想那个人何等阔绰！他自己还没有尝过这种滋味咧！不多会儿，他有马车坐了，又想没有一个很亲爱的很美貌的妻子，人生究竟还没有真正的乐趣。好了，他现在有了妻子了。伉俪间遐情逸致，南面王也不能易其乐呀！可是过了几年，姣且好者变成老而丑了。他又想，“嗳！这究竟还不是我的理想的至乐”。以前希望一件就有一件，尚不免有些儿无聊赖。倘若希望这件，得不了这件，希望那件，得不了那件，生活不更加干燥无味，不更加惹人烦闷么？实际上失望比得意似乎较普通一点。照我们的理想，世界应该不仅是如此如此。然而现实偏偏不由人算，走他自己的路。感情冷淡的人对于这般情景，还不觉得什么无可奈何，至多不过叹口气说，“天实为之，于人何尤！”于是就是这样了事。可是在富于感情的人看他们亲爱的梦想都不能实现，便有些儿不服气。现实比冰还冷，比铁还硬，哪管你服气不服气哟？现实越发不如人期望，人生就越发干燥无味。于是失望，丧气，悲观厌世……都蜂拥而来了。总而言之，烦闷生于不能调和理想和现实的冲突。

少年气盛的人总说，“什么烦闷呀，什么调和理想与现实的冲突呀，都是懦夫口里说的话。因为社会黑暗，环境困难，我们才不虚生。不然，我们生在世间就专为过太平日子么？别的人尽管烦闷，我呢，决不屑失望和悲观。我以为人生任务只有奋斗。奋斗到征服环境为止”。我也是极端主张和环境奋斗的一个小卒，可是我同时也相信环境是极不容易征服的。

你看这一阵和环境奋斗过的人！他们面目上毫没有温热气和闪烁的光彩了。或者他们的头脑中也不复有什么高尚的意志和坚强的决心了罢！殷仲堪有一天在园里看见一棵枯树，便深深叹一口气说，“此树婆娑，生意尽矣！物犹如此，人何以堪？”看见没生气的冷冰的行尸走肉，怎么不叫人作同样的感想！但是，我们如何能瞧他们不起。十年前他们也和你和我一样，也很兴会淋漓地用热心毅力去干事，也很有百折不挠的气概咧，不过现在环境把他们征服了罢了。

你再看这一阵和环境奋斗过的人！他们看见世事一天坏似一天，心里虽然不服气，可是心力俱瘁无可如何。个个人都在那边愁着眉毛叹气。这个人说，“神州莽莽，阴霾四布。流离浩劫，人间何世！”那个人说，“皇皇大陆，吾人将于何处觅一片干净土耶！”这个人想，像这样活着，倒不如死，还是把万事丢开，投海去罢。那个人想，世事已不堪问，我姑且寄情于醇酒妇人，借以消愁解闷罢！嗳！谁晓得这种悲观哲学消磨了几多有用之材哟？但是，我们且慢些去怜惜。他们十年前也像你和我一样，也很抱乐观，也时常说，长夜漫漫，终有时旦，只要精诚贯澈，金石都自然会破裂咧。不过现在环境把他们征服了罢了。

我们说话论事，一方面要顾及当然，一方面也要顾及可然。就当然说，环境要降服，理想才可以实现。但是环境如何可以征服，我们也不可不注意。许多人起初都发愿要征服环境，何以后来大半反为环境征服？我们自然会说，因为他们的精神不能坚持到底。但是，他们的精神何以不能坚持到底？我们可以说，因为他们的精神不能超脱现实。一个人如果只能在现实界活动，现实如果顺遂，他自然可以快乐；但是现实如果使他的活动不成功，而他又没有别条路可以去求慰安，他自然要失望悲观。但是，倘若他的精神能够超脱现实，现实的困难当然不能叫他屈服，因为他还可以在精神界求慰安。现实既然不能屈服他的精神，那么，他自然可以坚持到底和环境奋斗了。

超脱现实的方法也很多。最普通的要算宗教信仰。现世一切苦恼不用说罢！灵魂不灭，来世的天堂快乐还不晓得有多么可爱。现在不过是时间的太仓一粟。我们撑持肉体活着，是一件极偶然的现象。在这个撑持肉体活着一顷间，就有一些儿苦痛，哪值得愁眉蹙额？不错，现世一切奋斗，眼前似乎没有大的效果。但是，我们不必因此失望灰心，我们现在不过是播种子，将来一定有岁物丰成的日子。这些话是极浅近的极普通的宗教信仰。我自己既不是一个教徒，也不敢和打维护科学招牌的人搬唇舌。不过我很忠实地相信纯粹的宗教对于人类，利害相权，还是利多害少。倘若现世的苦乐不能叫普通人趋善避恶，而宗教能够做这件事，为什么宁愿普通人做过恶不去信仰宗教？假使大家都觉得现世烦恼，假使宗教可以安慰他们的精神，为什么把烦恼的人逼到山穷水尽，不知去向？我也十分相信宗教原来是一种自欺。可是这究竟根于人性，不可免的。心理学家对我们说过，就是通常所谓理智（rationalization），也大半是自欺的结果，你说宗教靠不住，理智又靠得住么？人类行为大部分都受感情支配。事前并不很揣摩为什么要这样做。事后追维，才找出一些理由来解释庇护自己的已往举动。这种理由和以往举动或毫无关系，不过姑且拉来自宽怀抱罢了。在理论上，吾人生活当全然受理性支配，但是在实际上，吾人生活是不受理性支配的。因为无意识和感情在那儿默化潜移，意识的防范实在鞭长不及马腹。所以想养成道德的习惯，与其锻炼理智，不如陶冶感情。宗教也是一种陶冶感情的工具。宗教何以能陶冶感情呢?感情是一件极活泼的东西，如果不得寄托的处所，来自由活动，便会游离不定。感情游离不定，结果就是精神失常，小而烦闷，大而疯癫。宗教的长处，就在能把游离不定的感情引到一个安顿的地方。这种陶淑作用（sublimation），弗洛伊德（Freud）和荣格（Jung）一派的心理学家说得非常透辟，我在这里也无须多话。不过添一句话代宗教辩护：托尔斯泰、甘地一流的人物，如果没有宗教做他们的精神原素，他们的生活决不像那样可爱，那样能感发兴起；希伯来和穆斯林两个民族，如果没有宗教做团结的线索，他们已经早当让极艰苦的环境征服了。

这番话谈给科学成见很深的人听，或者不能叫他们相信。那么，他们如果想解除烦闷，就要在美术中寻慰情剂，因为美术也很能使人超脱现实的。美术何以使人能超脱现实呢?一，就创作美术的人说，美术虽借现实做资料，但是对于资料的应用支配，美术家能够本自己的创造理想，伸缩自由。在现实范围里说话，空中决计不能起楼阁。美术便没有这种限制。所以现实界不能实现的理想，在美术中可以有机会实现。二，就欣赏美术的人说，美术能引起快感，而同时又不会激动进一步的欲望；一方面给心灵以自由活动的机会，一方面又不为实用目的所扰。譬如在实际上看见一个美人，占有欲就蠢蠢欲动。但是看雷阿那多·达·芬奇画的《蒙娜·丽莎》，如果曾经受过美术的陶冶，那时心神只像烟笼寒水，迷离恍惚，把世界上一切悲欢苦乐遗忘净尽了，还有什么欲望？我有一次劝一个学数理的朋友偷暇学一点文学，或者他的心绪不像那样干枯烦躁。他说，“写实派文学把黑暗世界越发写得黑暗，读这种文学不叫人更悲观么？”我虽然觉得我生平所经过的极乐心境，是在深夜读含有悲剧元素的文字；但是我那时不能对这位朋友解释这种心理作用，所以我的朋友把我的忠告置之一笑就算了。后来读爱宾浩斯（Ebbinghaus）的心理学美术章，才恍然大悟。吾人生机时时刻刻求活动。生机发泄，感觉愉快；生机抑郁，感情烦闷。所以遇着悲痛，哭一场就消了劲。生机不一定要在现实界才能发泄，美术也是一个极好的发泄生机的尾闾。在美术中发泄生机，所感的快乐比在现实界还更加纯粹深厚，因为没有实用的目的来滋扰。譬如在现实界看见父子三人都被恶蛇捆绞在一起，心里只有恐惧、哀矜种种的不快之感。可是欣赏希腊著名雕刻《拉奥孔》（*Laocoon*），这种哀矜、恐惧虽还有若干存在，但是他们都变成愉快的感觉了。这就是因为心里没有实用目的来烦扰。哀矜、恐惧两种感情发泄了，然而心目中没有生死存亡的念头，没有逃脱抵抗的打算，所以虽哀矜、恐惧而还能十分愉快。普通人在饮食男女、名誉权利场合中生机受了挫折，便不知道向他方面求发泄，所以抑郁，所以烦闷。谁肯宣传美术的福音来救济这些无数在苦海中挣扎的失望者呢？

美术不但可以使人超脱现实，还可以使人在现实界领悟天然之美，消受自在之乐。自然界有多少美致，人生有多少妙趣，在粗心浮气的人看，都忽略过去。经美术家一指点，美就确乎是美，妙就确乎是妙。谁没有看过流水？不过在普通人看，流水只是流水罢了，孔子一看到，便叹气说："逝者如斯夫，不舍昼夜！"这样一指点，滚滚东流的水便含有无限生机，无限悲感。谁没有看见鸟鹊在树林里度日子？陶渊明看见，便推出一种极乐的人生观哲学。"众鸟欣有托，吾亦爱吾庐"两句诗把宇宙写得多么可爱？美术家不但在花明风惠的境界，可以领略鱼跃鸢飞的乐趣，就是在极细微处——甚且在极悲惨处——也能寻出赏心乐事。托尔斯泰是一个最好例子。在他的《战争与和平》里面，那位彼得在牢狱中饥寒交迫，人生之苦，无不备尝。但是他一天看见天上月明如水，牢狱四围的园林山谷都空濛澄澈，一望无际，他就恍然觉悟人生的至乐，不是环境可以磨灭的。在他的《神在爱所在》那篇小说里，一个极穷苦的鞋匠梦见上帝要到他家里来，从天早候到天晚，只有一个扫雪的苦工来分他房子里的暖气，和一个抱着呱呱哭的孩子的丐妇来分他的几粒豆饭。他就因而觉悟神在爱所在的道理，心里便二十四分的畅快。这不过是偶尔想出来几个例子。其实我所见到的何及恒河一粒沙哟！我相信人肯受美术陶冶，世界和人生决不至干燥无味。烦闷无形消灭，自然不消说了。

除宗教家和美术家以外，最能超脱现实的要算是婴儿。他们高起兴来，就结队搬砖弄瓦呀，捉迷藏呀，……玩得不公平，便打一个痛快架，打痛了，便索性地哭一场。哭过了，就揩干眼泪，开笑脸再去做别的玩意儿。他们天真烂漫，完全趁着一时的兴会做事，绝对不瞻前顾后，所以他们生活最愉快。人生快乐倘若想完备，一定要保存一点孩子气，这种孩子气应用非常之广。孔子有一天问门弟子的志愿，许多人都说一些什么兴邦治国。曾点一个人却说，“春服既成，冠者五六人，童子六七人，浴乎沂，风乎舞雩，咏而归”。孔子听过，便不迟疑的宣布“吾与点也”。曾点的长处就在能保一种天真烂漫的孩子气。孔子称许他，或则也因为“大人者无失其赤子之心”罢。王徽之的故事也是一个好例子。有一晚雪后初晴，月亮照得非常光澈。他忽然想到他的朋友处谈谈心，立刻间他就撑只小船去了。不多会儿到他朋友的门口了，他忽然地又抽身转去。人问他的缘故，他说，我“乘兴而来，兴尽而返”。何足为奇？像这一流人物才晓得人生在世，怎样才能怡情养性，无沾无碍咧！有些人或者骂这种习惯带着臭名士气。他们自然也许有他们的高见。不过我想这种天真烂漫无沾无碍的气象倘若不用到过分，实在对于精神的卫生有许多裨益。人的精力无论属于精神方面或者身体方面，都有一个限度。譬如弓弦，拉到满引的时候，倘若不放松一点，怎么可以再加力？纵使再加力，怎么能不崩折？普通人无论何时何地，都一样地认真到底，不能稍稍放肆一点。所以容易倦怠，容易灰心。孩儿气的好处就在有时使人偶尔把现实的重载卸在旁边，让心灵偷点空儿休息，好预备再出力。

这三个方法，我个人认为可以超脱现实，解除烦闷。别人——

科学家和哲学家——也许在别的地方寻出超脱现实、解除烦闷的方法，不过我没有经验，不能说话。我和王君光祈的出发点都是给生机以自由活动的机会。不过王君着重的是人生各时期有各时期的嗜好，要随时餍足。所以王君似乎主张生机只可以在现实界活动；如果现实界活动不成功，便使人生烦闷。我的主张是一种补充的办法。我以为生机不仅可以在现实界活动，如果在现实界受了挫折，不一定使人生烦闷，因为他还可以超脱现实在精神界求慰安。就积极方面说，超脱现实，就是养精蓄锐，为征服环境的预备；就消极方面说，超脱现实，就是消愁遣闷，把乐观、热心、毅力都保持住，不让环境征服。在我国现在状况之下，谁晓得有多少失望者与悲观者？我很惭愧这篇文章不能把超脱现实的道理说得透澈，使他们感发兴起；但是我很希望享受过精神上的至乐的人多用工夫来宣传超脱现实的福音，来救济众生咧。

谈动

朋友：

从屡次来信看，你的心境近来似乎很不宁静。烦恼究竟是一种暮气，是一种病态，你还是一个十八九岁的青年，就这样颓唐沮丧，我实在替你担忧。

一般人欢喜谈玄，你说烦恼，他便从“哲学辞典”里拖出“厌世主义”“悲观哲学”等等堂哉皇哉的字样来叙你的病由。我不知道你感觉如何？我自己从前仿佛也尝过烦恼的况味，我只觉得忧来无方，不但人莫之知，连我自己也莫名其妙，哪里有所谓哲学与人生观！我也些微领过哲学家的教训：在心气和平时，我景仰希腊廊下派哲学者，相信人生当皈依自然，不当存有嗔喜贪恋；我景仰托尔斯泰，相信人生之美在宥与爱；我景仰布朗宁，相信世间有丑才能有美，不完全乃真完全；然而外感偶来，心波立涌，拿天大的哲学，也抵挡不住。这固然是由于缺乏修养，但是青年们有几个修养到“不动心”的地步呢？从前长辈们往往拿“应该不应该”的大道理向我说法。他们说，像我这样一个青年应该活泼泼的，不应该暮气沉沉的，应该努力做学问，不应该把自己的忧乐放在心头。谢谢罢，请留着这副“应该”的方剂，将来患烦恼的人还多呢！

朋友，我们都不过是自然的奴隶，要征服自然，只得服从自然。违反自然，烦恼才乘虚而入，要排解烦闷，也须得使你的自然冲动有机会发泄。人生来好动，好发展，好创造。能动，能发展，能创造，便是顺从自然，便能享受快乐；不动，不发展，不创造，便是摧残生机，便不免感觉烦恼。这种事实在流行语中就可以见出，我们感觉快乐时说“舒畅”，感觉不快乐时说“抑郁”。这两个字样可以用作形容词，也可以用作动词。用作形容词时，它们描写快或不快的状态；用作动词时，我们可以说它们说明快或不快的原因。你感觉烦恼，因为你的生机被抑郁；你要想快乐，须得使你的生机能舒畅，能宣泄。流行语中又有“闲愁”的字样，闲人大半易于发愁，就因为闲时生机静止而不舒畅。青年人比老年人易于发愁些，因为青年人的生机比较强旺。小孩子们的生机也很强旺，然而不知道愁苦，因为他们时时刻刻地游戏，所以他们的生机不至于被抑郁。小孩子们偶尔不很乐意，便放声大哭，哭过了气就消去。成人们感觉烦恼时也还要拘礼节，哪能由你放声大哭呢？黄连苦在心头，所以愈觉其苦。歌德少时因失恋而想自杀，幸而他的文机动了，埋头两礼拜著成一部《少年维特之烦恼》，书成了，他的气也泄了，自杀的念头也打消了。你发愁时并不一定要著书，你就读几篇哀歌，听一幕悲剧，借酒浇愁，也可以大畅胸怀。从前我很疑惑何以剧情愈悲而读之愈觉其快意，近来才悟得这个泄与郁的道理。

总之，愁生于郁，解愁的方法在泄；郁由于静止，求泄的方法在动。从前儒家讲心性的话，从近代心理学眼光看，都很粗疏，只有孟子的“尽性”一个主张，含义非常深广。一切道德学说都不免肤浅，如果不从“尽性”的基点出发。如果把“尽性”两字懂得透彻，我以为生活目的在此，生活方法也就在此。人性固然是复杂的，可是人是动物，基本性不外乎动。从动的中间我们可以寻出无限快感。这个道理我可以拿两种小事来印证：从前我住在家里，自己的书房总欢喜自己打扫。每看到书籍零乱，灰尘满地，你亲自去洒扫一过，霎时间混浊的世界变成明窗净几，此时悠然就座，游目骋怀，乃觉有不可言喻的快慰；再比方你自己是欢喜打网球的，当你起劲打球时，你还记得天地间有所谓烦恼么？

你大约记得晋人陶侃的故事。他老来罢官闲居，找不得事做，便去搬砖。晨间把一百块砖由斋里搬到斋外，暮间把一百块砖由斋外搬到斋里。人问其故，他说：“吾方致力中原，过尔优逸，恐不堪事。”他又尝对人说：“大禹圣人，乃惜寸阴，至于众人，当惜分阴。”其实惜阴何必定要搬砖，不过他老先生还很茁壮，借这个玩意儿多活动活动，免得抑郁无聊罢了。

朋友，闲愁最苦！愁来愁去，人生还是那么样一个人生，世界也还是那么样一个世界。假如把自己看得伟大，你对于烦恼，当有“不屑”的看待；假如把自己看得渺小，你对于烦恼当有“不值得”的看待；我劝你多打网球，多弹钢琴，多栽花木，多搬砖弄瓦。假如你不喜欢这些玩意儿，你就谈谈笑笑，跑跑跳跳，也是好的。就在此祝你

谈谈笑笑，

跑跑跳跳！

你的朋友　光潜

谈静

朋友：

前信谈动，只说出一面真理。人生乐趣一半得之于活动，也还有一半得之于感受。所谓“感受”是被动的，是容许自然界事物感动我的感官和心灵。这两个字涵义极广。眼见颜色，耳闻声音，是感受；见颜色而知其美，闻声音而知其和，也是感受。同一美颜，同一和声，而各个人所见到的美与和的程度又随天资境遇而不同。比方路边有一棵苍松，你看见它只觉得可以砍来造船，我见到它可以让人纳凉；旁人也许说它很宜于入画，或者说它是高风亮节的象征。再比方街上有一个乞丐，我只能见到他的蓬头垢面，觉得他很讨厌；你见他便发慈悲心，给他一个铜子；旁人见到他也许立刻发下宏愿，要打翻社会制度。这几个人反应不同，都由于感受力有强有弱。

世间天才之所以为天才，固然由于具有伟大的创造力，而他的感受力也分外比一般人强烈。比方诗人和美术家，你见不到的东西他能见到，你闻不到的东西他能闻到。麻木不仁的人就不然，你就请伯牙向他弹琴，他也只联想到棉匠弹棉花。感受也可以说是“领略”，不过领略只是感受的一方面。世界上最快活的人不仅是最活动的人，也是最能领略的人。所谓领略，就是能在生活中寻出趣味。好比喝茶，渴汉只管满口吞咽，会喝茶的人却一口一口地细啜，能领略其中风味。

能处处领略到趣味的人决不至于岑寂，也决不至于烦闷。朱子有一首诗说：“半亩方塘一鉴开，天光云影共徘徊。问渠那得清如许？为有源头活水来。”这是一种绝美的境界。你姑且闭目一思索，把这幅图画印在脑里，然后假想这半亩方塘便是你自己的心，你看这首诗比拟人生苦乐多么惬当！一般人的生活干燥，只是因为他们的“半亩方塘”中没有天光云影，没有源头活水来，这源头活水便是领略得的趣味。

领略趣味的能力固然一半由于天资，一半也由于修养。大约静中比较容易见出趣味。物理上有一条定律说：两物不能同时并存于同一空间。这个定律在心理方面也可以说得通。一般人不能感受趣味，大半因为心地太忙，不空所以不灵。我所谓“静”，便是指心界的空灵，不是指物界的沉寂，物界永远不沉寂的。你的心境愈空灵，你愈不觉得物界沉寂，或者我还可以进一步说，你的心界愈空灵，你也愈不觉得物界喧嘈。所以习静并不必定要逃空谷，也不必定学佛家静坐参禅。静与闲也不同。许多闲人不必都能领略静中趣味，而能领略静中趣味的人，也不必定要闲。在百忙中，在尘市喧嚷中，你偶然丢开一切，悠然遐想，你心中便蓦然似有一道灵光闪烁，无穷妙悟便源源而来。这就是忙中静趣。

我这番话都是替两句人人知道的诗下注脚。这两句诗就是：“万物静观皆自得，四时佳兴与人同。”大约诗人的领略力比一般人都要大。近来看周启孟的《雨天的书》引日本人小林一茶的一首俳句：

“不要打哪，苍蝇搓他的手，搓他的脚呢。”觉得这种情境真是幽美。你懂得这一句诗就懂得我所谓静趣。中国诗人到这种境界的也很多。现在姑且就一时所想到的写几句给你看：

> 鱼戏莲叶东，鱼戏莲叶西，鱼戏莲叶南，鱼戏莲叶北。
>
> ——古诗，作者姓名佚
>
> 山涤余霭，宇暧微霄。有风自南，翼彼新苗。
>
> ——陶渊明《时运》
>
> 采菊东篱下，悠然见南山。山气日夕佳，飞鸟相与还。
>
> ——陶渊明《饮酒》
>
> 目送飘鸿，手挥五弦。俯仰自得，游心太玄。
>
> ——嵇叔夜《送秀才从军》
>
> 倚杖柴门外，临风听暮蝉。渡头余落日，墟里上孤烟。
>
> ——王摩诘《赠裴迪》

像这一类描写静趣的诗，唐人五言绝句中最多。你只要仔细玩味，你便可以见到这个宇宙又有一种景象，为你平时所未见到的。梁任公的《饮冰室文集》里有一篇谈“烟士披里纯”，詹姆斯的《与教员学生谈话》（James：*Talks To Teachers and Students*）里面有三篇谈人生观，关于静趣都说得很透辟。可惜此时这两部书都不在手边，不能录几段出来给你看。你最好自己到图书馆里去查阅。詹姆斯的《与教员学生谈话》那三篇文章（最后三篇）尤其值得一读，记得我从前读这三篇文章，很受他感动。

静的修养不仅是可以使你领略趣味，对于求学处事都有极大帮助。释迦牟尼在菩提树阴静坐而证道的故事，你是知道的。古今许多伟大人物常能在仓皇扰乱中雍容应付事变，丝毫不觉张皇，就因为能镇静。现代生活忙碌，而青年人又多浮躁。你站在这潮流里，自然也难免跟着旁人乱嚷。不过忙里偶然偷闲，闹中偶然觅静，于身于心，都有极大裨益。你多在静中领略些趣味，不特你自己受用，就是你的朋友们看着你也快慰些。我生平不怕呆人，也不怕聪明过度的人，只是对着没有趣味的人，要勉强同他说应酬话，真是觉得苦也。你对着有趣味的人，你并不必多谈话，只是默然相对，心领神会，便可觉得朋友中间的无上至乐。你有时大概也发生同样感想罢？

眠食诸希珍重！

你的朋友　光潜

谈在卢佛尔宫所得的一个感想

朋友：

去夏访巴黎卢佛尔宫，得摩挲《蒙娜·丽莎》肖像的原迹，这是我生平一件最快意的事。凡是第一流美术作品都能使人在微尘中见出大千，在刹那中见出终古。雷阿那多·达·芬奇（Leonardo da Vinci）的这幅半身美人肖像纵横都不过十几寸，可是她的意蕴多么深广！佩特（Walter Pater）在《文艺复兴论》里说希腊、罗马和中世纪的特殊精神都在这一幅画里表现无遗。我虽然不知道佩特所谓希腊的生气、罗马的淫欲和中世纪的神秘是什么一回事，可是从那轻盈笑靥里我仿佛窥透人世的欢爱和人世的罪孽。虽则见欢爱而无留恋，虽则见罪孽而无畏惧。一切希冀和畏避的念头在霎时间都涣然冰释，只游心于和谐静穆的意境。这种境界我在贝多芬乐曲里，在《密罗斯爱神》雕像里，在《浮士德》诗剧里，也常隐约领略过，可是都不如《蒙娜·丽莎》所表现的深刻明显。

我穆然深思，我悠然遐想，我想象到中世纪人们的热情，想象到达·芬奇作此画时费四个寒暑的精心结构，想象到丽莎夫人临画时听到四周的缓歌慢舞，如何发出那神秘的微笑。

正想得发呆时，这中世纪的甜梦忽然被现世纪的足音惊醒，一个法国向导领着一群四五十个男的女的美国人蜂拥而来了。向导操很拙劣的英语指着说："这就是著名的《蒙娜·丽莎》。"那班肥颈项胖乳房的人们照例露出几种惊奇的面孔，说出几个处处用得着的赞美的形容词，不到三分钟又蜂拥而去了。一年四季，人们尽管川流不息地这样蜂拥而来蜂拥而去，丽莎夫人却时时刻刻在那儿露出你不知道是怀善意还是怀恶意的微笑。

从观赏《蒙娜·丽莎》的群众回想到《蒙娜·丽莎》的作者，我登时发生一种不调和的感触，从中世纪到现世纪，这中间有多么深多么广的一条鸿沟！中世纪的旅行家一天走上二百里已算飞快，现在坐飞艇不用几十分钟就可走几百里了。中世纪的著作家要发行书籍须得请僧侣或抄胥用手抄写，一个人朝于斯夕于斯的，一年还不定能抄完一部书；现在大书坊每日可出书万卷，任何人都可以出文集诗集了。中世纪许多书籍是新奇的，连在近代，以培根、笛卡儿那样渊博，都没有机会窥亚理斯多德的全豹，近如包慎伯到三四十岁时才有一次机会借阅《十三经注疏》；现在图书馆林立，贩夫走卒也能博通上下古今了。中世纪画《蒙娜·丽莎》的人须自己制画具自己配颜料，作一幅画往往须三年五载才可成功；现在美术家每日可以成几幅乃至于十几幅“创作”了。中世纪人想看《蒙娜·丽莎》须和作者或他的弟子有交谊，真能欣赏他，才能侥幸一饱眼福；现在卢佛尔宫好比十字街，任人来任人去了。

这是多么深多么广的一条鸿沟！据历史家说，我们已跨过了这鸿沟，所以我们现代文化比中世纪进步得多了。话虽如此说，而我对着《蒙娜·丽莎》和观赏《蒙娜·丽莎》的群众，终不免有所怀疑，有所惊惜。

在这个现世纪忙碌的生活中，哪里还能找出三年不窥园、十年成一赋的人？哪里还能找出深通哲学的磨镜匠，或者行乞读书的苦学生？现代科学和道德信条都比从前进步了，哪里还能迷信宗教崇尚侠义？我们固然没有从前人的呆气，可是我们也没有从前人的苦心与热情了。别的不说，就是看《蒙娜·丽莎》也只像看破烂朝报了。

科学愈进步，人类征服环境的能力也愈大。征服环境的能力愈大，的确是人生一大幸福。但是它同时也易生流弊。困难日益少，而人类也愈把事情看得太容易，做一件事不免愈轻浮粗率，而坚苦卓绝的成就也便日益稀罕。比方从纽约到巴黎还像从前乘帆船时要经许多时日，冒许多危险，美国人穿过卢佛尔宫决不会像他们穿过巴黎香榭里雪街一样匆促。我很坚决地相信，如果美国人所谓“效率”（efficiency）以外，还有其他标准可估定人生价值，现代文化至少是含有若干危机的。

“效率”以外究竟还有其他估定人生价值的标准么？要回答这个问题，我们最好拿法国理姆（Reims）、亚眠（Amiens）各处几个中世纪的大教寺和纽约一座世界最高的钢铁房屋相比较。或者拿一幅湘绣和杭州织锦相比较，便易明白。如只论“效率”，杭州织锦和美国钢铁房屋都是一样机械的作品，较之湘绣和理姆大教寺，费力少而效率差不多，总算没有可指摘之点。但是刺湘绣的闺女和建筑中世纪大教寺的工程师在工作时，刺一针线或叠一块砖，都要费若干心血，都有若干热情在后面驱遣，他们的心眼都钉在他们的作品上，这是近代只讲“效率”的工匠们所诧为呆拙的。织锦和钢铁房屋用意只在适用，而湘绣和中世纪建筑于适用以外还要能慰情，还要能为作者力量气魄的结晶，还要能表现理想与希望。假如这几点在人生和文化上自有意义与价值，“效率”决不是唯一的估定价值的标准，尤其不是最高品的估定价值的标准。最高品估定价值的标准一定要着重人的成分（human element），遇见一种工作不仅估量它的成功如何，还有问它是否由努力得来的，是否为高尚理想与伟大人格之表现。如果它是经过努力而能表现理想与人格的工作，虽然结果失败了，我们也得承认它是有价值的。这个道理布朗宁（Browning）在 *Rabbi Ben Ezra* 那篇诗里说得最精透，我不会翻译，只择几段出来让你自己去玩味：

Not on the vulgar mass

Called “work”, must sentence pass,

Things done, that took the eye and had the price;

O’er which, from level stand,

The low world laid its hand,

Found straight way to its mind, could value in a trice:

But all, the world’s coarse thumb

And finger failed to plumb,

So passed in making up the main account;

All instincts immature,

All purposes unsure,

That weighed not as his work, yet swelled the man’s amount:

Thoughts hardly to be packed,

Into a narrow act,

Fancies that broke through thoughts and escaped:

All I could never be,

All, men ignored in me,

This I was worth to God, whose wheel the pitcher shaped.

这几段诗在我生平所给的益处最大。我记得这几句话，所以能惊赞热烈的失败，能欣赏一般人所嗤笑的呆气和空想，能景仰不计成败的坚苦卓绝的努力。

假如我的十二封信对于现代青年能发生毫末的影响，我尤其虔心默祝这封信所宣传的超“效率”的估定价值的标准能印入个个读者的心孔里去；因为我所知道的学生们、学者们和革命家们都太贪容易，太浮浅粗疏，太不能深入，太不能耐苦，太类似美国旅行家看《蒙娜·丽莎》了。

光潜

辑三

谈读书与修养

人生来就有真善美的需要，
真善美具备，
人生才完美。

“读书破万卷，下笔如有神”

——天才与灵感

知道格律和模仿对于创造的关系，我们就可以知道天才和人力的关系了。

生来死去的人何只恒河沙数？真正的大诗人和大艺术家是在一口气里就可以数得完的。何以同是人，有的能创造，有的不能创造呢？在一般人看，这全是由于天才的厚薄。他们以为艺术全是天才的表现，于是天才成为懒人的借口。聪明人说，我有天才，有天才何事不可为？用不着去下工夫。迟钝人说，我没有艺术的天才，就是下工夫也无益。于是艺术方面就无学问可谈了。

“天才”究竟是怎么一回事呢？

它自然有一部分得诸遗传。有许多学者常欢喜替大创造家和大发明家理家谱，说莫扎特有几代祖宗会音乐，达尔文的祖父也是生物学家，曹操一家出了几个诗人。这种证据固然有相当的价值，但是它决不能完全解释天才。同父母的兄弟贤愚往往相差很远。曹操的祖宗有什么大成就呢？曹操的后裔又有什么大成就呢？

天才自然也有一部分成于环境。假令莫扎特生在音阶简单、乐器拙陋的蒙昧民族中，也决不能作出许多复音的交响曲。“社会的遗产”是不可蔑视的。文艺批评家常欢喜说，伟大的人物都是他们的时代的骄子，艺术是时代和环境的产品。这话也有不尽然。同是一个时代而成就却往往不同。英国在产生莎士比亚的时代和西班牙是一般隆盛，而当时西班牙并没有产生伟大的作者。伟大的时代不一定能产生伟大的艺术。美国的独立，法国的大革命在近代都是极重大的事件，而当时艺术却卑卑不足高论。伟大的艺术也不必有伟大的时代做背景，席勒和歌德的时代，德国还是一个没有统一的纷乱的国家。

我承认遗传和环境的影响非常重大，但是我相信它们都不能完全解释天才。在固定的遗传和环境之下，个人还有努力的余地。遗传和环境对于人只是一个机会，一种本钱，至于能否利用这个机会，能否拿这笔本钱去做出生意来，则所谓“神而明之，存乎其人”。有些人天资颇高而成就则平凡，他们好比有大本钱而没有做出大生意；也有些人天资并不特异而成就则斐然可观，他们好比拿小本钱而做出大生意。这中间的差别就在努力与不努力了。牛顿可以说是科学家中一个天才了，他常常说：“天才只是长久的耐苦。”这话虽似稍嫌过火，却含有很深的真理。只有死功夫固然不尽能发明或创造，但是能发明创造者却大半是下过死功夫来的。哲学中的康德、科学中的牛顿、雕刻图画中的米开朗琪罗、音乐中的贝多芬、书法中的王羲之、诗中的杜工部，这些实例已经够证明人力的重要，又何必多举呢？

最容易显出天才的地方是灵感。我们只须就灵感研究一番，就可以见出天才的完成不可无人力了。

杜工部尝自道经验说："读书破万卷，下笔如有神。"所谓"灵感"就是杜工部所说的"神"，"读书破万卷"是功夫，"下笔如有神"是灵感。据杜工部的经验看，灵感是从功夫出来的。如果我们借心理学的帮助来分析灵感，也可以得到同样的结论。

灵感有三个特征：

一、它是突如其来的，出于作者自己意料之外的。根据灵感的作品大半来得极快。从表面看，我们寻不出预备的痕迹。作者丝毫不费心血，意象涌上心头时，他只要信笔疾书。有时作品已经创造成功了，他自己才知道无意中又成了一件作品。歌德著《少年维特之烦恼》的经过，便是如此。据他自己说，他有一天听到一位少年失恋自杀的消息，突然间仿佛见到一道光在眼前闪过，立刻就想出全书的框架。他费两个星期的工夫一口气把它写成。在复看原稿时，他自己很惊讶，没有费力就写成一本书，告诉人说："这部小册子好像是一个患睡行症者在梦中作成的。"

二、它是不由自主的，有时苦心搜索而不能得的偶然在无意之中涌上心头。希望它来时它偏不来，不希望它来时它却蓦然出现。法国音乐家柏辽兹有一次替一首诗作乐谱，全诗都谱成了，只有收尾一句（“可怜的兵士，我终于要再见法兰西！”）无法可谱。他再三思索，不能想出一段乐调来传达这句诗的情思，终于把它搁起。两年之后，他到罗马去玩，失足落水，爬起来时口里所唱的乐调，恰是两年前所再三思索而不能得的。

三、它也是突如其去的，练习作诗文的人大半都知道“败兴”的味道。“兴”也就是灵感。诗文和一切艺术一样都宜于乘兴会来时下手。兴会一来，思致自然滔滔不绝。没有兴会时写一句极平常的话倒比写什么还难。兴会来时最忌外扰。本来文思正在源源而来，外面狗叫一声，或是墨水猛然打倒了，便会把思路打断。断了之后就想尽方法也接不上来。谢无逸问潘大临近来作诗没有，潘大临回答说：“秋来日日是诗思。昨日捉笔得‘满城风雨近重阳’之句，忽催租人至，令人意败。辄以此一句奉寄。”这是“败兴”的最好的例子。

灵感既然是突如其来，突然而去，不由自主，那不就无法可以用人力来解释么？从前人大半以为灵感非人力，以为它是神灵的感动和启示。在灵感之中，仿佛有神灵凭附作者的躯体，暗中驱遣他的手腕，他只是坐享其成。但是从近代心理学发现潜意识活动之后，这种神秘的解释就不能成立了。

什么叫作“潜意识”呢？我们的心理活动不尽是自己所能觉

到的。自己的意识所不能察觉到的心理活动就属于潜意识。意识既不能察觉到，我们何以知道它存在呢？变态心理中有许多事实可以为凭。比如说催眠，受催眠者可以谈话、做事、写文章、做数学题，但是醒过来后对于催眠状态中所说的话和所做的事往往完全不知道。此外还有许多精神病人现出“两重人格”。例如一个人乘火车在半途跌下，把原来的经验完全忘记，换过姓名在附近镇市上做了几个月的买卖。有一天他忽然醒过来，发现身边事物都是不认识的，才自疑何以走到这么一个地方。旁人告诉他说他在那里开过几个月的店，他绝对不肯相信。心理学家根据许多类似事实，断定人于意识之外又有潜意识，在潜意识中也可以运用意志、思想，受催眠者和精神病人便是如此。在通常健全心理中，意识压倒潜意识，只让它在暗中活动。在变态心理中，意识和潜意识交替来去。它们完全分裂开来，意识活动时潜意识便沉下去，潜意识涌现时，便把意识淹没。

灵感就是在潜意识中酝酿成的情思猛然涌现于意识。它好比伏兵，在未开火之前，只是鸦雀无声地准备，号令一发，它乘其不备地发动总攻击，一鼓而下敌。在没有侦探清楚的敌人（意识）看，它好比周亚夫将兵从天而至一样。这个道理我们可以拿一件浅近的事实来说明。我们在初练习写字时，天天觉得自己在进步，过几个月之后，进步就猛然停顿起来，觉得字越写越坏。但是再过些时候，自己又猛然觉得进步。进步之后又停顿，停顿之后又进步，如此辗转几次，字才写得好。学别的技艺也是如此。据心理学家的实验，在进步停顿时，你如果索性不练习，把它丢开去做旁的事，过些时候再起手来写，字仍然比停顿以前较进步。这是什么道理呢？就因为在意识中思索的东西应该让它在潜意识中酝酿一些时候才会成熟。功夫没有错用的，你自己以为劳而不获，但是你在潜意识中实在仍然于无形中收效果。所以心理学家有“夏天学溜冰，冬天学泅水”的说法。溜冰本来是在前一个冬天练习的，今年夏天你虽然是在做旁的事，没有想到溜冰，但是溜冰的筋肉技巧却恰在这个不溜冰的时节暗里培养成功。一切脑的工作也是如此。

灵感是潜意识中的工作在意识中的收获。它虽是突如其来，却不是毫无准备。法国大数学家潘嘉赉常说他的关于数学的发明大半是在街头闲逛时无意中得来的。但是我们从来没有听过有一个人向来没有在数学上用功夫，猛然在街头闲逛时发明数学上的重要原则。在罗马落水的如果不是素习音乐的柏辽兹，跳出水时也决不会随口唱出一曲乐调。他的乐调是费过两年的潜意识酝酿的。

从此我们可以知道“读书破万卷，下笔如有神”两句诗是至理名言了。不过灵感的培养正不必限于读书。人只要留心，处处都是学问。艺术家往往在他的艺术范围之外下功夫，在别种艺术之中玩索得一种意象，让它沉在潜意识里去酝酿一番，然后再用他的本行艺术的媒介把它翻译出来。吴道子生平得意的作品为洛阳天宫寺的神鬼，他在下笔之前，先请裴旻舞剑一回给他看，在剑法中得着笔意。张旭是唐朝的草书大家，他尝自道经验说：“始吾见公主担夫争路，而得笔法之意；后见公孙氏舞剑器，而得其神。”王羲之的书法相传是从看鹅掌拨水得来的。法国大雕刻家罗丹也说道：“你问我在什么地方学来的雕刻？在深林里看树，在路上看云，在雕刻室里研究模型学来的。我在到处学，只是不在学校里。”

从这些实例看，我们可知各门艺术的意象都可触类旁通。书画家可以从剑的飞舞或鹅掌的拨动之中得到一种特殊的筋肉感觉来助笔力，可以得到一种特殊的胸襟来增进书画的神韵和气势。推广一点说，凡是艺术家都不宜只在本行小范围之内用功夫，须处处留心玩索，才有深厚的修养。鱼跃鸢飞，风起水涌，以至于一尘之微，当其接触感官时我们虽常不自觉其在心灵中可生若何影响，但是到挥毫运斤时，他们都会涌到手腕上来，在无形中驱遣它，左右它。在作品的外表上我们虽不必看出这些意象的痕迹，但是一笔一画之中都潜寓它们的神韵和气魄。这样意象的蕴蓄便是灵感的培养。它们在潜意识中好比桑叶到了蚕腹，经过一番咀嚼组织而成丝，丝虽然已不是桑叶而却是从桑叶变来的。

谈读书

十几年前我曾经写过一篇短文谈读书，这问题实在是谈不尽，而且这些年来我的见解也有些变迁，现在再就这问题谈一回，趁便把上次谈学问有未尽的话略加补充。

学问不只是读书，而读书究竟是学问的一个重要途径。因为学问不仅是个人的事而是全人类的事，每科学问到了现在的阶段，是全人类分途努力日积月累所得到的成就，而这成就还没有淹没，就全靠有书籍记载流传下来。书籍是过去人类的精神遗产的宝库，也可以说是人类文化学术前进轨迹上的记程碑。我们就现阶段的文化学术求前进，必定根据过去人类已得的成就做出发点。如果抹煞过去人类已得的成就，我们说不定要把出发点移回到几百年前甚至几千年前，纵然能前进，也还是开倒车落伍。读书是要清算过去人类成就的总账，把几千年的人类思想经验在短促的几十年内重温一遍，把过去无数亿万人辛苦获来的知识教训集中到读者一个人身上去受用。有了这种准备，一个人总能在学问途程上作万里长征，去发见新的世界。

历史愈前进，人类的精神遗产愈丰富，书籍愈浩繁，而读书也就愈不易。书籍固然可贵，却也是一种累赘，可以变成研究学问的障碍。它至少有两大流弊。第一，书多易使读者不专精。我国古代学者因书籍难得，皓首穷年才能治一经，书虽读得少，读一部却就是一部，口诵心惟，咀嚼得烂熟，透入身心，变成一种精神的原动力，一生受用不尽。现在书籍易得，一个青年学者就可夸口曾过目万卷，"过目"的虽多，"留心"的却少，譬如饮食，不消化的东西积得愈多，愈易酿成肠胃病，许多浮浅虚骄的习气都由耳食肤受所养成。其次，书多易使读者迷方向。任何一种学问的书籍现在都可装满一图书馆，其中真正绝对不可不读的基本著作往往不过数十部甚至于数部。许多初学者贪多而不务得，在无足轻重的书籍上浪费时间与精力，就不免把基本要籍耽搁了；比如学哲学者尽管看过无数种的哲学史和哲学概论，却没有看过一种柏拉图的《对话集》，学经济学者尽管读过无数种的教科书，却没有看过亚当·斯密的《原富》。做学问如作战，须攻坚挫锐，占住要塞。目标太多了，掩埋了坚锐所在，只东打一拳，西踏一脚，就成了"消耗战"。

读书并不在多，最重要的是选得精，读得彻底。与其读十部无关轻重的书，不如以读十部书的时间和精力去读一部真正值得读的书；与其十部书都只能泛览一遍，不如取一部书精读十遍。"好书不厌百回读，熟读深思子自知”，这两句诗值得每个读书人悬为座右铭。读书原为自己受用，多读不能算是荣誉，少读也不能算是羞耻。少读如果彻底，必能养成深思熟虑的习惯，涵泳优游，以至于变化气质；多读而不求甚解，则如驰骋十里洋场，虽珍奇满目，徒惹得心花意乱，空手而归。世间许多人读书只为装点门面，如暴发户炫耀家私，以多为贵。这在治学方面是自欺欺人，在做人方面是趣味低劣。

读的书当分种类，一种是为获得现世界公民所必需的常识，一种是为做专门学问。为获常识起见，目前一般中学和大学初年级的课程，如果认真学习，也就很够用。所谓认真学习，熟读讲义课本并不济事，每科必须精选要籍三五种来仔细玩索一番。常识课程总共不过十数种，每种选读要籍三五种，总计应读的书也不过五十部左右。这不能算是过奢的要求。一般读书人所读过的书大半不止此数，他们不能得实益，是因为他们没有选择，而阅读时又只潦草滑过。

常识不但是现世界公民所必需，就是专门学者也不能缺少它。近代科学分野严密，治一科学问者多故步自封，以专门为借口，对其他相关学问毫不过问。这对于分工研究或许是必要，而对于淹通深造却是牺牲。宇宙本为有机体，其中事理彼此息息相关，牵其一即动其余，所以研究事理的种种学问在表面上虽可分别，在实际上却不能割开。世间绝没有一科孤立绝缘的学问。比如政治学须牵涉到历史、经济、法律、哲学、心理学以至于外交、军事等等，如果一个人对于这些相关学问未曾问津，入手就要专门习政治学，愈前进必愈感困难，如老鼠钻牛角，愈钻愈窄，寻不着出路。其他学问也大抵如此，不能通就不能专，不能博就不能约。先博学而后守约，这是治任何学问所必守的程序。我们只看学术史，凡是在某一科学问上有大成就的人，都必定于许多它科学问有深广的基础。目前我国一般青年学子动辄喜言专门，以至于许多专门学者对于极基本的学科毫无常识，这种风气也许是在国外大学做博士论文的先生们所酿成的。它影响到我们的大学课程，许多学系所设的科目“专”到不近情理，在外国大学研究院里也不一定有。这好像逼吃奶的小孩去嚼肉骨，岂不是误人子弟？

有些人读书，全凭自己的兴趣。今天遇到一部有趣的书就把预拟做的事丢开，用全副精力去读它；明天遇到另一部有趣的书，仍是如此办，虽然这两书在性质上毫不相关。一年之中可以时而习天文，时而研究蜜蜂，时而读莎士比亚。在旁人认为重要而自己不感兴味的书都一概置之不理。这种读法有如打游击，亦如蜜蜂采蜜。它的好处在使读书成为乐事，对于一时兴到的著作可以深入，久而久之，可以养成一种不平凡的思路与胸襟。它的坏处在使读者泛滥而无所归宿，缺乏专门研究所必需的“经院式”的系统训练，产生畸形的发展，对于某一方面知识过于重视，对于另一方面知识可以很蒙昧。我的朋友中有专门读冷僻书籍，对于正经正史从未过问的，他在文学上虽有造就，但不能算是专门学者。如果一个人有时间与精力允许他过享乐主义的生活，不把读书当作工作而只当作消遣，这种蜜蜂采蜜式的读书法原亦未尝不可采用。但是一个人如果抱有成就一种学问的志愿，他就不能不有预定计划与系统。对于他，读书不仅是追求兴趣，尤其是一种训练，一种准备。有些有趣的书他须得牺牲，也有些初看很干燥的书他必须咬定牙关去硬啃，啃久了他自然还可以啃出滋味来。

读书必须有一个中心去维持兴趣，或是科目，或是问题。以科目为中心时，就要精选那一科要籍，一部一部地从头读到尾，以求对于该科得到一个概括的了解，作进一步作高深研究的准备。读文学作品以作家为中心，读史学作品以时代为中心，也属于这一类。以问题为中心时，心中先须有一个待研究的问题，然后采关于这问题的书籍去读，用意在收集材料和诸家对于这问题的意见，以供自己权衡去取，推求结论。重要的书仍须全看，其余的这里看一章，那里看一节，得到所要搜集的材料就可以丢手。这是一般做研究工作者所常用的方法，对于初学不相宜。不过初学者以科目为中心时，仍可约略采取以问题为中心的微意。一书作几遍看，每一遍只着重某一方面。苏东坡与王郎书曾谈到这个方法：

少年为学者，每一书皆作数次读之。当如入海百货皆有，人之精力不能并收尽取，但得其所欲求者耳。故愿学者每一次作一意求之，如欲求古今兴亡治乱圣贤作用，且只作此意求之，勿生余念；又别作一次求事迹文物之类，亦如之。他皆仿此。若学成，八面受敌，与涉猎者不可同日而语。

朱子尝劝他的门人采用这个方法。它是精读的一个要诀，可以养成仔细分析的习惯。举看小说为例，第一次但求故事结构，第二次但注意人物描写，第三次但求人物与故事的穿插，以至于对话、辞藻、社会背景、人生态度等等都可如此逐次研求。

读书要有中心，有中心才易有系统组织。比如看史书，假定注意的中心是教育与政治的关系，则全书中所有关于这问题的史实都被这中心联系起来，自成一个系统。以后读其他书籍如经子专集之类，自然也常遇着关于政教关系的事实与理论，它们也自然归到从前看史书时所形成的那个系统了。一个人心里可以同时有许多系统中心，如一部字典有许多“部首”，每得一条新知识，就会依物以类聚的原则，汇归到它的性质相近的系统里去，就如拈新字贴进字典里去，是人旁的字都归到人部，是水旁的字都归到水部。大凡零星片断的知识，不但易忘，而且无用。每次所得的新知识必须与旧有的知识联络贯串，这就是说，必须围绕一个中心归聚到一个系统里去，才会生根，才会开花结果。

记忆力有它的限度，要把读过的书所形成的知识系统，原本枝叶都放在脑里储藏起，在事实上往往不可能。如果不能储藏，过目即忘，则读亦等于不读。我们必须于脑以外另辟储藏室，把脑所储藏不尽的都移到那里去。这种储藏室在从前是笔记，在现代是卡片。记笔记和做卡片有如植物学家采集标本，须分门别类订成目录，采得一件就归入某一门某一类，时间过久了，采集的东西虽极多，却各有班位，条理井然。这是一个极合乎科学的办法，它不但可以节省脑力，储有用的材料，供将来的需要，还可以增强思想的条理化与系统化。预备做研究工作的人对于记笔记做卡片的训练，宜于早下工夫。

谈学问

这是一个大题目，不易谈，因为许多人对它有很大的误解，却又不能不谈。最大的误解在把学问和读书看成一件事。子弟进学校不说是“求学”而说是“读书”，学子向来叫作“读书人”，粗通外国文者在应该用“学习”（learn）或“治学”（study）等字时常用“阅读”（read）来代替。这种传统观念的错误影响到我国整个教育的倾向。各级学校大半把教育缩为知识传授，而知识传授的途径就只有读书，教员只是“教书人”。这种错误的观念如果不改正，教育和学问恐怕就没有走上正轨的希望。如果我们稍加思索，它也应该不难改正。学是学习，问是追问。世间可学习可追问的事理甚多，知识技能须学问，品格修养也还须学问；读书人须学问，农工商兵也还须学问，各行有各行的“行径”。学问是任何人对于任何事理，由不知求知，由不能求能的一套工夫。它的范围无限，人生一切活动，宇宙一切现象和真理，莫不包含在内。学问的方法甚多。人从堕地出世，没有一天不在学问。有些学问是由仿效得来的，也有些学问是由尝试、思索、体验和涵养得来的。读书不过是学问的方法之一种，它当然很重要，却并非唯一的。朱子教门徒，一再申说“读书乃学者第二事”。有许多读书人实在并非在做学问，也有许多实在做学问的人并不专靠读书，制造文字——书的要素——是一种绝大学问，而首先制造文字的人就根本无书可读。许多其他学问都可由此类推。子路的“何必读书然后为学”一句话本身并不错，孔子骂他，只是讨厌他说这话的动机在辩护让一个青年学子去做官，也并没有说它本身错。

一般人常埋怨现在青年对于学问没有浓厚的兴趣。就个人任教的经验说，我也有这样的观感。平心而论，这大半要归咎于我们“教书人”。把学问看成“教书”“读书”一个错误的观念如果不全是我们养成的，至少我们未曾设法纠正。而且我们自己又没有好生学问，给青年学子树一个好榜样，可以激励他们的志气，提起他们的兴趣。此外，社会上一般人对于学问的性质和功用所存的误解也不无关系。近代西方学者常把纯理的学问和应用的学问分开，以为治应用的学问是有所为而为，治纯理的学问是无所为而为。他们怕学问全落到应用一条窄路上，尝设法替无所为而为的学问辩护，说它虽“无用”，却可满足人类的求知欲。这种用心很可佩服，而措词却不甚正确。学问起于生活的需要，世间绝没有一种学问无用，不过“用”的意义有广狭之别。学得一种学问，就可以有一种技能，拿它来应用于实际事业，如学得数学几何三角就可以去算账、测量、建筑、制造机械，这是最正常的“用”字的狭义。学得一点知识技能，就混得一种资格，可以谋一个职业，解决饭碗问题，这就是功利主义的“用”字的狭义。但是学问的功用并不仅如此，我们甚至可以说，学问的最大功用并不在此。心理学者研究智力，有普通智力与特殊智力的分别；古人和今人品题人物，都有通才与专才的分别。学问的功用也可以说有“通”有“专”。治数学即应用于计算数量，这是学问的专用；治数学而变成一个思想缜密、性格和谐、善于立身处世的人，这是学问的通用。学问在实际上确有这种通用。就智慧说，学问是训练思想的工具。一个真正有学问的人必定知识丰富、思想锐敏、洞达事理，处任何环境，知道把握纲要、分析条理、解决困难。就性格说，学问是道德修养的途径。苏格拉底说得好，“知识即德行”。世间许多罪恶都起于愚昧，如果真正彻底明了一件事是好的，另一件事是坏的，一个人决不会睁着眼睛向坏的方面走。中国儒家讲学问，素来全重立身行己的工夫，一个学者应该是一个圣贤，不仅如现在所谓“知识分子”。

现在所谓“知识分子”的毛病在只看到学的狭义的“用”，尤其是功利主义的“用”。学问只是一种干禄的工具。我曾听到一位教授在编成一部讲义之后，心满意足地说：“一生吃着不尽了！”我又曾听到一位朋友劝导他的亲戚不让刚在中学毕业的儿子去就小事说：“你这种办法简直是吃稻种！”许多升学的青年实在只为着要让稻种发生成大量谷子，预备“吃着不尽”。所以大学里“出路”最广的学系如经济系、机械系之类常是拥挤不堪，而哲学系、数学系、生物学系诸“冷门”，就简直无人问津。治学问根本不是为学问本身，而是为着它的出路销场，在治学问时既是“醉翁之意不在酒”，得到出路销场后当然更是“得鱼忘筌”了。在这种情形之下的我们如何能期望青年学生对于学问有浓厚的兴趣呢？

这种对于学问功用的窄狭而错误的观念必须及早纠正。生活对于有生之伦是唯一的要务，学问是为生活。这两点本是天经地义。不过现代中国人的错误在把“生活”只看成口腹之养。“谋生活”与“谋衣食”在流行语中是同一意义。这实在是错误得可怜可笑。人有肉体，有心灵。肉体有它的生活，心灵也应有它的生活。肉体需要营养，心灵也不能“辟谷”。肉体缺乏营养，必酿成饥饿病死；心灵缺乏营养，自然也要干枯腐化。人为万物之灵，就在他有心灵或精神生活。所以测量人的成就并不在他能否谋温饱，而在他有无丰富的精神生活。一个人到了只顾衣食饱暖而对于真善美漫不感觉兴趣时，他就只能算是一种“行尸走肉”，一个民族到了只顾体肤需要而不珍视精神生活的价值时，它也就必定逐渐没落了。

学问是精神的食粮，它使我们的精神生活更加丰富。肚皮装得饱饱的，是一件乐事，心灵装得饱饱的，是一件更大的乐事。一个人在学问上如果有浓厚的兴趣，精深的造诣，他会发见万事万物各有一个妙理在内，他会发见自己的心涵蕴万象，澄明通达，时时有寄托，时时在生展，这种人的生活决不会干枯，他也决不会做出卑污下贱的事。《论语》记“颜子在陋巷，一箪食，一瓢饮，人不堪其忧，回也不改其乐”。孔子赞他“贤”，并不仅因为他能安贫，尤其因为他能乐道，换句话说，他有极丰富的精神生活。宋儒教人体会颜子所乐何在，也恰抓着紧要处，我们现在的人不但不能了解这种体会的重要，而且把它看成道学家的迂腐。这在民族文化上是一个极严重的病象，必须趁早设法医治。

中国语中“学”与“问”连在一起说，意义至为深妙，比西文中相当的译词如 learning，study，science 诸字都好得多。人生来有向上心，有求知欲，对于不知道的事物欢喜发疑问。对于一种事物发生疑问，就是对于它感觉兴趣。既有疑问，就想法解决它，几经摸索，终于得到一个答案，于是不知道的变为知道的，所谓“一旦豁然贯通”，这便是学有心得。学原来离不掉问，不会起疑问就不会有学。许多人对于一种学问不感觉兴趣，原因就在那种学问对于他们不成问题，没有什么逼得他们要求知道。但是学问的好处正在原来有问题的可以变成没有问题，原来没有问题的也可以变成有问题。前者是未知变成已知，后者是发见貌似已知究竟仍为未知。比如说逻辑学，一个中学生学过一年半载，看过一部普通教科书，觉得命题、推理、归纳、演绎之类都讲得妥妥帖帖，了无疑义。可是他如果进一步在逻辑学上面下一点研究工夫，便会发见他从前认为透懂的几乎没有一件不成为问题，没有一件不曾经许多学者辩论过。他如果再更进一步去讨探，他会自己发见许多有趣的问题，并且觉悟到他自己一辈子也不一定能把这些问题都解决得妥妥帖帖。逻辑学是一科比较不幼稚的学问，犹且如此，其他学问更可由此类推了。一个人对于一种学问如果肯钻进里面去，必须使有问题的变为没有问题（这便是问），疑问无穷，发见无穷，兴趣也就无穷。学问之难在此，学问之乐也就在此。一个人对于一种学问说是不感兴趣，那只能证明他不用心，不努力下工夫，没有钻进里面去。世间决没有自身无兴趣的学问，人感觉不到兴趣，只由于人的愚昧或懒惰。

学与问相连，所以学问不只是记忆而必是思想，不只是因袭而必是创造。凡是思想都是由已知推未知，创造都是旧材料的新综合，所以思想究竟须从记忆出发，创造究竟须从因袭出发。由记忆生思想，由因袭生创造，犹如吸收食物加以消化之后变为生命的动力。食而不化固然是无用，不食而求化也还是求无中生有。向来论学问的话没有比孔子的“学而不思则罔，思而不学则殆”两句更为精深透辟。学原有“效”义，研究儿童心理学者都知道学习大半基于因袭或模仿。这里所谓“学”是偏重吸收前人已有的知识和经验。思是自己运用脑筋，一方面求所学得的能融会贯通，井然有条，一方面由疑难启发新知识与新经验。一般学子有两种通弊。一种是聪明人所常犯着的，他们过于相信自己的思考力而忽略前人的成就。其实每种学问都有长久的历史，其中每一个问题都曾经许多人思虑过，讨论过，提出过种种不同的解答，你必须明白这些经过，才可以利用前人的收获，免得绕弯子甚至于走错路。比如说生物学上的遗传问题，从前雷马克、达尔文、魏意斯曼、孟德尔诸大家已经做过许多实验，得到许多观察，用过许多思考。假如你对于他们的工作茫无所知或是一笔抹煞，只凭你自己的聪明才力来解决遗传问题，这岂不是狂妄？世间这种“思而不学”的人正甚多，他们不知道这种凭空构造的“殆”。另外一种通弊是资质较钝而肯用功的人所常犯的。他们一味读死书，古人所说的无论正确不正确，都不分皂白地接受过来，吟咏赞叹，自己毫不用思考求融会贯通，更没有一点冒险的精神，自己去求新发见，这是学而不思，孔子对于这种办法所下的评语是“罔”，意思就是说无用。

学问全是自家的事。环境好、图书设备充足、有良师益友指导启发，当然有很大的帮助。但是这些条件具备不一定能保障一个人在学问上有成就，世间也有些在学问上有成就的人并不具这些条件。最重要的因素是个人自己的努力。学问是一件艰苦的事，许多人不能忍耐它所必经的艰苦。努力之外，第二个重要的因素是认清方向与门径。入手如果走错了路，愈努力则入迷愈深，离题愈远。比如学写字、诗文或图画，一走上庸俗恶劣的路，后来如果想把它丢开，比收覆水还更困难，习惯的力量比什么都较沉重，世上有许多人像在努力做学问，只是陷入“野狐禅”，高自期许而实荒谬绝伦，这个毛病只有良师益友可以挽救。学校教育，在我想，只有两个重要的功用：第一是启发兴趣，其次就是指点门径。现在一般学校不在这两方面努力，只尽量灌输死板的知识。这种教育对于学问不仅无裨益而且是障碍！

谈作文

朋友：

我们对于许多事，自己愈不会做，愈望朋友做得好。我生平最大憾事就是对于美术和运动都一无所长。幼时薄视艺事为小技，此时亦偶发宏愿去学习，终苦于心劳力拙，怏怏然废去。所以每遇年幼好友，就劝他趁早学一种音乐，学一项运动。

其次，我极羡慕他人做得好文章。每读到一种好作品，看见自己所久想说出而说不出的话，被他人轻轻易易地说出来了，一方面固然以作者"先获我心"为快，而另一方面也不免心怀惭怍。惟其惭怍，所以每遇年幼好友，也苦口劝他练习作文，虽然明明知道人家会奚落我说："你这样起劲谈作文，你自己的文章就做得'蹩脚'！"

文章是可以练习的么？迷信天才的人自然嗤着鼻子这样问。但是在一切艺术里，天资和人力都不可偏废。古今许多第一流作者大半都经过刻苦的推敲揣摩的训练。法国福楼拜尝费三个月的功夫做成一句文章；莫泊桑尝登门请教，福楼拜叫他把十年辛苦成就的稿本付之一炬，从新起首学描实境。我们读莫泊桑那样的极自然极轻巧极流利的小说，谁想到他的文字也是费功夫作出来的呢？我近来看见两段文章，觉得是青年作者应该悬为座右铭的，写在下面给你看看：

一段是从托尔斯泰的儿子 Count Ilya Tolstoy 所做的《回想录》（*Reminiscences*）里面译出来的，这段记载托尔斯泰著《安娜·卡列尼娜》（*Anna Karenina*）修稿时的情形。他说："《安娜·卡列尼娜》初登俄报 *Vyestnik* 时，底页都须寄吾父亲自己校对。他起初在纸边加印刷符号如删削句读等，继而改字，继而改句，继而又大加增删，到最后，那张底页便成百孔千疮，糊涂得不可辨识。幸吾母尚能认清他的习用符号以及更改增删。她尝终夜不眠替吾父誊清改过底页。次晨，她便把他很整洁的清稿摆在桌上，预备他下来拿去付邮。吾父把这清稿又拿到书房里去看'最后一遍'，到晚间这清稿又重新涂改过，比原来那张底页要更加糊涂，吾母只得再抄一遍。他很不安地向吾母道歉：'松雅吾爱，真对不起你，我又把你誊的稿子弄糟了。我再不改了。明天一定发出去。'但是明天之后又有明天。有时甚至于延迟几礼拜或几月。他总是说，'还有一处要再看一下'，于是把稿子再拿去改过。再誊清一遍。有时稿子已发出了，吾父忽然想到还要改几个字，便打电报去吩咐报馆替他改。”

你看托尔斯泰对文字多么谨慎，多么不惮烦！此外小泉八云给张伯伦教授（Prof. Chamberlain）的信也有一段很好的自白，他说：“……题目择定，我先不去运思，因为恐怕易生厌倦。我作文只是整理笔记。我不管层次，把最得意的一部分先急忙地信笔写下。写好了，便把稿子丢开，去做其他较适宜的工作。到第二天，我再把昨天所写的稿子读一遍，仔细改过，再从头至尾誊清一遍，在誊清中，新的意思自然源源而来，错误也呈现了，改正了。于是我又把他搁起，再过一天，我又修改第三遍。这一次是最重要的，结果总比原稿大有进步，可是还不能说完善。我再拿一片干净纸作最后的誊清，有时须誊两遍。经过这四五次修改以后，全篇的意思自然各归其所，而风格也就改定妥贴了。”

小泉八云以美文著名，我们读他这封信，才知道他的成功秘诀。一般人也许以为这样咬文嚼字近于迂腐。在青年心目中，这种训练尤其不合胃口。他们总以为能倚马千言、不加点窜的才算好脚色。这种念头不知误尽多少苍生？在艺术田地里比在道德田地里，我们尤其要讲良心。稍有苟且，便不忠实。听说印度的甘地主办一种报纸，每逢作文之先，必斋戒静坐沉思一日夜然后动笔。我们以文字骗饭吃的人们对此能不愧死么？

文章像其他艺术一样，“神而明之，存乎其人”，精微奥妙都不可言传，所可言传的全是糟粕。不过初学作文也应该认清路径，而这种路径是不难指点的。

学文如学画，学画可临帖，又可写生。在这两条路中间，写生自然较为重要。可是临帖也不可一笔勾销，笔法和意境在初学时总须从临帖中领会。从前中国文人学文大半全用临帖法。每人总须读过几百篇或几千篇名著，揣摩呻吟，至能背诵，然后执笔为文，手腕自然纯熟。欧洲文人虽亦重读书，而近代第一流作者大半由写生入手。莫泊桑初请教于福楼拜，福楼拜叫他描写一百个不同的面孔。霸若因为要描写吉普赛野人生活，便自己去和他们同住，可是这并非说他们完全不临帖。许多第一流作者起初都经过模仿的阶段。莎士比亚起初模仿英国旧戏剧作者，布朗宁起初模仿雪莱，陀思妥也夫斯基和许多俄国小说家都模仿雨果。我以为向一般人说法，临帖和写生都不可偏废。所谓临帖在多读书。中国现当新旧交替时代，一般青年颇苦无书可读。新作品寥寥有数，而旧书又受复古反动影响，为新文学家所不乐道。其实冬烘学究之厌恶新小说和白话诗，和新文学运动者之攻击读经和念古诗文，都是偏见。文学上只有好坏的分别，没有新旧的分别。青年们读新书已成时髦，用不着再提倡，我只劝有闲工夫有好兴致的人对于旧书也不妨去读读看。

读书只是一步预备的工夫，真正学作文，还要特别注意写生。要写生，须勤做描写文和记叙文。中国国文教员们常埋怨学生们不会作议论文。我以为这并不算奇怪。中学生的理解和知识大半都很贫弱，胸中没有议论，何能作得出议论文？许多国文教员们叫学生入手就作议论文，这是没有脱去科举时代的陋习。初学作议论文是容易走入空疏俗滥的路上去。我以为初学作文应该从描写文和记叙文入手，这两种文作好了，议论文是很容易办的。

这封信只就一时见到的几点说说。如果你想对于作文方法还要多知道一点，我劝你看看夏丏尊和刘薰宇两先生合著的《文章作法》。这本书有许多很精当的实例，对于初学是很有用的。

光潜

谈美感教育

世间事物有真善美三种不同的价值，人类心理有知情意三种不同的活动。这三种心理活动恰和三种事物价值相当：真关于知，善关于意，美关于情。人能知，就有好奇心，就要求知，就要辨别真伪，寻求真理。人能发意志，就要想好，就要趋善避恶，造就人生幸福。人能动情感，就爱美，就欢喜创造艺术，欣赏人生自然中的美妙境界。求知、想好、爱美，三者都是人类天性；人生来就有真善美的需要，真善美具备，人生才完美。

教育的功用就在顺应人类求知、想好、爱美的天性，使一个人在这三方面得到最大限度的调和的发展，以达到完美的生活。“教育”一词在西文为 education，是从拉丁动词 educare 来的，原义是“抽出”，所谓“抽出”就是“启发”。教育的目的在“启发”人性中所固有的求知、想好、爱美的本能，使它们尽量生展。中国儒家的最高的人生理想是“尽性”。他们说：“能尽人之性则能尽物之性，能尽物之性则可以赞天地之化育。”教育的目的可以说就是使人“尽性”，“发挥性之所固有”。

物有真善美三面，心有知情意三面，教育求在这三方面同时发展，于是有智育、德育、美育三节目。智育叫人研究学问，求知识，寻真理；德育叫人培养良善品格，学做人处世的方法和道理；美育叫人创造艺术，欣赏艺术与自然，在人生世相中寻出丰富的兴趣。三育对于人生本有同等的重要，但是在流行教育中，只有智育被人看重，德育在理论上的重要性也还没有人否认，至于美育则在实施与理论方面都很少有人顾及。二十年前蔡孑民先生一度提倡过“美育代宗教”，他的主张似没有发生多大的影响。还有一派人不但忽略美育，而且根本仇视美育。他们仿佛觉得艺术有几分不道德，美育对于德育有妨碍。希腊大哲学家柏拉图就以为诗和艺术是说谎的，逢迎人类卑劣情感的，多受诗和艺术的熏染，人就会失去理智的控制而变成情感的奴隶，所以他对诗人和艺术家说了一番客气话之后，就把他们逐出“理想国”的境外。中世纪耶稣教徒的态度很类似。他们以倡苦行主义求来世的解脱，文艺是现世中一种快乐，所以被看成一种罪孽。近代哲学家中卢梭是平等自由说的倡导者，照理应该能看得宽远一点，但是他仍是怀疑文艺，因为他把文艺和文化都看成朴素天真的腐化剂。托尔斯泰对近代西方艺术的攻击更丝毫不留情面，他以为文艺常传染不道德的情感，对于世道人心影响极坏。他在《艺术论》里说：“每个有理性有道德的人应该跟着柏拉图以及耶回教师，把这问题重新这样决定：宁可不要艺术，也莫再让现在流行的腐化的虚伪的艺术继续下去。”

这些哲学家和宗教家的根本错误在认定情感是恶的，理性是善的，人要能以理性镇压感情，才达到至善。这种观念何以是错误的呢？人是一种有机体，情感和理性既都是天性固有的，就不容易拆开。造物不浪费，给我们一份家当就有一份的用处。无论情感是否可以用理性压抑下去，纵是压抑下去，也是一种损耗，一种残废。人好比一棵花草，要根茎枝叶花实都得到平均的和谐的发展，才长得繁茂有生气。有些园丁不知道尽草木之性，用人工去歪曲自然，使某一部分发达到超出常态，另一部分则受压抑摧残。这种畸形发展是不健康的状态，在草木如此，在人也是如此。理想的教育不是摧残一部分天性而去培养另一部分天性，以致造成畸形的发展；理想的教育是让天性中所有的潜蓄力量都得尽量发挥，所有的本能都得平均调和发展，以造成一个全人。所谓“全人”除体格强壮以外，心理方面真善美的需要必都得到满足。只顾求知而不顾其他的人是书虫，只讲道德而不顾其他的人是枯燥迂腐的清教徒，只顾爱美而不顾其他的人是颓废的享乐主义者。这三种人都不是全人而是畸形人，精神方面的驼子、跛子。养成精神方面的驼子、跛子的教育是无可辩护的。

美感教育是一种情感教育。它的重要我们的古代儒家是知道的。儒家教育特重诗，以为它可以兴观群怨；又特重礼乐，以为“礼以制其宜，乐以导其和”。《论语》有一段话总述儒家教育宗旨说：“兴于诗，立于礼，成于乐。”诗、礼、乐三项可以说都属于美感教育。诗与乐相关，目的在怡情养性，养成内心的和谐（harmony）；礼重仪节，目的在使行为仪表就规范，养成生活上的秩序（order）。蕴于中的是性情，受诗与乐的陶冶而达到和谐；发于外的是行为仪表，受礼的调节而进到秩序。内具和谐而外具秩序的生活，从伦理观点看，是最善的；从美感观点看，也是最美的。儒家教育出来的人要在伦理和美感观点都可以看得过去。

这是儒家教育思想中最值得注意的一点。他们的着重点无疑地是在道德方面，德育是他们的最后鹄的，这是他们与西方哲学家、宗教家柏拉图和托尔斯泰诸人相同的。不过他们高于柏拉图和托尔斯泰诸人，因为柏拉图和托尔斯泰诸人误认美育可以妨碍德育，而儒家则认定美育为德育的必由之径。道德并非陈腐条文的遵守，而是至性真情的流露。所以德育从根本做起，必须怡情养性。美感教育的功用就在怡情养性，所以是德育的基础工夫。严格地说，善与美不但不相冲突，而且到最高境界根本是一回事，它们的必有条件同是和谐与秩序。从伦理观点看，美是一种善；从美感观点看，善也是一种美。所以在古希腊文与近代德文中，美善只有一个字；在中文和其他近代语文中，“善”与“美”二字虽分开，仍可互相替用。真正的善人对于生活不苟且，有如艺术家对于作品不苟且一样。过一世生活好比做一篇文章，文章求惬心贵当，生活也须求惬心贵当。我们嫌恶行为上的卑鄙龌龊，不仅因其不善，也因其丑；我们赞赏行为上的光明磊落，不仅因其善，也因其美。一个真正有美感修养的人必定同时也有道德修养。

美育为德育的基础，英国诗人雪莱在《诗的辩护》里也说得透辟。他说：

> 道德的大原在仁爱，在脱离小我，去体验我以外的思想行为和体态的美妙。一个人如果真正做善人，必须能深广地想象，必须能设身处地替旁人想，人类的忧喜苦乐变成他的忧喜苦乐。要达到道德上的善，最大的途径是想象；诗从这根本上做功夫，所以能发生道德的影响。

换句话说，道德起于仁爱，仁爱就是同情，同情起于想象。比如你哀怜一个乞丐，你必定先能设身处地想象他的痛苦。诗和艺术对于主观的情境必能“出乎其外”，对于客观的情境必能“入乎其中”，在想象中领略它，玩索它，所以能扩大想象，培养同情。这种看法也与儒家学说暗合。儒家在诸德中特重“仁”，“仁”近于耶稣教的“爱”、佛教的“慈悲”，是一种天性，也是一种修养。仁的修养就在诗。儒家有一句很简赅深刻的话：“温柔敦厚诗教也。”诗教就是美育，温柔敦厚就是仁的表现。

美育不但不妨害德育而且是德育的基础，如上所述。不过美育的价值还不仅在此。西方人有一句恒言说："艺术是解放的，给人自由的。"（Art is liberative）这句话最能见出艺术的功用，也最能见出美育的功用。现在我们就在这句话的意义上发挥。从哪几方面看，艺术和美育是"解放的，给人自由的"呢？

第一，是本能冲动和情感的解放。人类生来有许多本能冲动和附带的情感，如性欲、生存欲、占有欲、爱、恶、怜、惧之类。本自然倾向，它们都需要活动、需要发泄。但是在实际生活中，它们不但常彼此互相冲突，而且与文明社会的种种约束如道德、宗教、法律、习俗之类不相容。我们每个人都知道，本能冲动和欲望是无穷的，而实际上有机会实现的却寥寥有数。我们有时察觉到本能冲动和欲望不大体面，不免起羞恶之心，硬把它们压抑下去；有时自己对它们虽不羞恶而社会的压力过大，不容它们赤裸裸地暴露，也还是被压抑下去。性欲是一个最显著的例。从前哲学家、宗教家大半以为这些本能冲动和情感都是卑劣的、不道德的、危险的，承认压抑是最好的处置。他们的整部道德信条有时只在理智镇压情欲。我们在上文指出这种看法的不合理，说它违背平均发展的原则，容易造成畸形发展。其实它的祸害还不仅此。弗洛伊德（Freud）派心理学告诉我们，本能冲动和附带的情感仅可暂时压抑而不可永远消灭，它们理应有自由活动的机会，如果勉强被压抑下去，表面上像是消灭了，实际上在隐意识里凝聚成精神上的疮疖，为种种变态心理和精神病的根源。依弗洛伊德看，我们现代文明社会中人因受道德、宗教、法律、习俗的裁制，本能冲动和情感常难得正常的发泄，大半都有些“被压抑的欲望”所凝成的“情意综”（complexes）。这些情意综潜蓄着极强烈的捣乱力，一旦爆发，就成精神上种种病态。但是这种潜力可以借文艺而发泄，因为文艺所给的是想象世界，不受现实世界的束缚和冲突，在这想象世界中，欲望可以用“望梅止渴”的办法得到满足。文艺还把带有野蛮性的本能冲动和情感提到一个较高尚较纯洁的境界去活动，所以有升华作用（sublimation）。有了文艺，本能冲动和情感才得自由发泄，不致凝成疮疖酿成精神病，它的功用有如机器方面的安全瓣（safety volve）。弗洛伊德的心理学有时近于怪诞，但实含有一部分真理。文艺和其他美感活动给本能冲动和情感以自由发泄的机会，在日常经验中也可以得到证明。我们每当愁苦无聊时，费一点工夫来欣赏艺术作品或自然风景，满腹的牢骚就马上烟消云散了。读古人痛快淋漓的文章，我们常有“先得我心”的感觉。看过一部戏或是读过一部小说之后，我们觉得曾经紧张了一阵是一件痛快事。这些快感都起于本能冲动和情感在想象世界中得解放。最好的例子是歌德著《少年维特之烦恼》的经过。他少时爱过一个已经许人的女子，心里痛苦已极，想自杀以了一切。有一天他听到一位朋友失恋自杀的消息，想到这事和他自己的境遇相似，可以写成一部小说。他埋头两礼拜，写成《少年维特之烦恼》，把自己心中怨慕愁苦的情绪一齐倾泻到书里，书成了，他的烦恼便去了，自杀的念头也消了。从这实例看，文艺确有解放情感的功用，而解放情感对于心理健康也确有极大的裨益，我们通常说一个人情感要有所寄托，才不致苦恼烦闷，文艺是大家公认为寄托情感的最好的处所。所谓“情感有所寄托”还是说它要有地方可以活动，可得解放。

其次，是眼界的解放。宇宙生命时时刻刻在变动进展中，希腊哲人有“濯足急流，抽足再入，已非前水”的譬喻，所以在这种变动进展的过程中每一时每一境都是个别的、新鲜的、有趣的。美感经验并无深文奥义，它只在人生世相中见出某一时某一境特别新鲜有趣而加以流连玩味，或者把它描写出来。这句话中“见”字最紧要。我们一般人对于本来在那里的新鲜有趣的东西不容易“见”着。这是什么缘故呢？不能“见”必有所蔽。我们通常把自己囿在习惯所画成的狭小圈套里，让它把眼界“蔽”着，使我们对它以外的世界都视而不见、听而不闻。比如我们如果囿于饮食男女，饮食男女以外的事物就见不着；囿于奔走钻营，奔走钻营以外的事就见不着。有人向海边农夫称赞他的门前海景美，他很羞涩地指着屋后菜园说：“海没有什么，屋后的一园菜倒还不差。”一园菜囿住了他，使他不能见到海景美。我们每个人都有所囿，有所蔽，许多东西都不能见，所见到的天地是非常狭小的、陈腐的、枯燥的。诗人和艺术家所以超过我们一般人者就在情感比较真挚，感觉比较锐敏，观察比较深刻，想象比较丰富。我们“见”不着的他们“见”得着，并且他们“见”得到就说得出，我们本来“见”不着的他们

“见”着说出来了，就使我们也可以“见”着。像一位英国诗人所说的，他们“借他们的眼睛给我们看”（They lend their eyes for us to see）。中国人爱好自然风景的趣味是陶、谢、王、韦诸诗人所传染的。在 Turner 和 Whistler 以前，英国人就没有注意到泰晤士河上有雾。Byron 以前，欧洲人很少赞美威尼斯。前一世纪的人崇拜自然，常咒骂城市生活和工商业文化，但是现代美国、俄国的文学家有时把城市生活和工商业文化写得也很有趣。人生的罪孽灾害通常只引起忿恨，悲剧却教我们于罪孽灾祸中见出伟大庄严；丑陋乖讹通常只引起嫌恶，喜剧却教我们在丑陋乖讹中见出新鲜的趣味。Rembrandt 画过一些疲癃残疾的老人以后，我们见出丑中也还有美。象征诗人出来以后，许多一纵即逝的情调使我们觉得精细微妙，特别值得留恋。文艺逐渐向前伸展，我们的眼界也逐渐放大，人生世相越显得丰富华严。这种眼界的解放给我们不少的生命力量，我们觉得人生有意义，有价值，值得活下去。许多人嫌生活干燥，烦闷无聊，原因就在缺乏美感修养，见不着人生世相的新鲜有趣。这种人最容易堕落颓废，因为生命对于他们失去意义与价值。“哀莫大于心死”，所谓“心死”就是对于人生世相失去解悟与留恋，就是不能以美感态度去观照事物。美感教育不是替有闲阶级增加一件奢侈，而是使人在丰富华严的世界中随处吸收支持生命和推展生命的活力。朱子有一首诗说：“半亩方塘一鉴开，天光云影共徘徊。问渠那得清如许？为有源头活水来。”这诗所写的是一种修养的胜境。美感教育给我们的就是“源头活水”。

第三，是自然限制的解放。这是德国唯心派哲学家康德、席勒、叔本华、尼采诸人所最着重的一点，现在我们用浅近语来说明它。自然世界是有限的，受因果律支配的，其中毫末细故都有它的必然性，因果线索命定它如此，它就丝毫移动不得。社会由历史铸就，人由遗传和环境造成。人的活动寸步离不开物质生存条件的支配，没有翅膀就不能飞，绝饮食就会饿死。由此类推，人在自然中是极不自由的。动植物和非生物一味顺从自然，接受它的限制，没有过分希冀，也就没有失望和痛苦。人却不同，他有心灵，有不可餍的欲望，对于无翅不飞、绝食饿死之类事实总觉有些歉然。人可以说是两重奴隶，第一服从自然的限制，其次要受自己的欲望驱使。以无穷欲望处有限自然，人便觉得处处不如意、不自由，烦闷苦恼都由此起。专就物质说，人在自然面前是很渺小的，它的力量抵不住自然的力量，无论你有如何大的成就，到头终不免一死，而且科学告诉我们，人类一切成就到最后都要和诸星球同归于毁灭，在自然圈套中求征服自然是不可能的，好比孙悟空跳来跳去，终跳不出如来佛的掌心。但是在精神方面，人可以跳开自然的圈套而征服自然，他可以在自然世界之外另在想象中造出较能合理慰情的世界。这就是艺术的创造。在艺术创造中可以把自然拿在手里来玩弄，剪裁它、锤炼它，重新给以生命与形式。每一部文艺杰作以至于每人在人生自然中所欣赏到的美妙境界都是这样创造出来的。美感活动是人在有限中所挣扎得来的无限，在奴属中所挣扎得来的自由。在服从自然限制而汲汲于饮食男女的寻求时，人是自然的奴隶；在超脱自然限制而创造欣赏艺术境界时，人是自然的主宰，换句话说，就是上帝。多受些美感教育，就是多学会如何从自然限制中解放出来，由奴隶变成上帝，充分地感觉人的尊严。

爱美是人类天性，凡是天性中所固有的必须趁适当时机去培养，否则像花草不及时下种及时培植一样，就会凋残萎谢。达尔文在自传里懊悔他一生专在科学上做工夫，没有把他年轻时对于诗和音乐的兴趣保持住，到老来他想用诗和音乐来调剂生活的枯燥，就抓不回年轻时那种兴趣，觉得从前所爱好的诗和音乐都索然无味。他自己说这是一部分天性的麻木，这是一个很好的前车之鉴。美育必须从年轻时就下手，年纪愈大，外务愈纷繁，习惯的牢笼愈坚固，感觉愈迟钝，心里愈复杂，欣赏艺术力也就愈薄弱。我时常想，无论学哪一科专门学问，干哪一行职业，每个人都应该会听音乐，不断地读文学作品，偶尔有欣赏图画、雕刻的机会。在西方社会中这些美感活动是每个受教育者的日常生活中的重要节目。我们中国人除专习文学艺术者以外，一般人对于艺术都漠不关心，这是最可惋惜的事，它多少表示民族生命力的低降与精神的颓靡。从历史看，一个民族在最兴旺的时候，艺术成就必伟大，美育必发达。史诗悲剧时代的希腊、文艺复兴时代的意大利、莎士比亚时代的英国、歌德和贝多芬时代的德国都可以为证。我们中国人古代对于诗乐舞的嗜好也极普遍。《诗经》《礼记》《左传》诸书所记载的歌、乐、舞的盛况常使人觉得仿佛是置身近代欧洲社会。孔子处周衰之际，特置慨于诗亡乐坏，也是见到美育与民族兴衰的关系密切。现在我们要想复兴民族，必须恢复周以前歌乐舞的盛况，这就是说，必须提倡普及的美感教育。

谈恻隐之心

罗素在《中国问题》里讨论我们民族的性格，指出三个弱点：贪污、怯懦和残忍。他把残忍放在第一位，所说的话最足令人深省："中国人的残忍不免打动每一个盎格鲁－撒克逊人。人道的动机使我们尽一分力量来减除其余九十九分力量所做的过恶，这是他们所没有的。……我在中国时，成千成万的人在饥荒中待毙，人们为着几块钱出卖儿女，卖不出就弄死。白种人很尽了些力去赈荒，而中国人自己出的力却很少，连那很少的还是被贪污吞没。……如果一只狗被汽车压倒致重伤，过路人十个就有九个站下来笑那可怜的畜生的哀号。一个普通中国人不会对受苦受难起同情的悲痛，实在他还像觉得它是一个颇愉快的景象。他们的历史和他们的辛亥革命前的刑律可见出他们免不掉故意虐害的冲动。"

我第一次看《中国问题》还在十几年以前，那时看到这段话心里甚不舒服；现在为大学生选英文读品，把这段话再看了一遍，心里仍是甚不舒服。我虽不是狭义的国家主义者，也觉得心里一点民族自尊心遭受打击，尤其使我怀惭的是没有办法来辩驳这段话。我们固然可以反诘罗素说："他们西方人究竟好得几多呢？"可是他似乎预料到这一着，在上一段话终结时，他补充了一句："话须得说清楚，故意虐害的事情各大国都在所不免，只是它到了什么程度被我们的伪善隐瞒起来了。"他言下似有怪我们竟明目张胆地施行虐害的意味。

罗素的这番话引起我的不安，也引起我由中国民族性的弱点想到普遍人性的弱点。残酷的倾向，似乎不是某一民族所特有的，它是像盲肠一样由原始时代遗留下来的劣根性，还没有被文化洗刷净尽。小孩们大半欢喜虐害昆虫和其他小动物，踏死一堆蚂蚁，满不在意。用生人做陪葬者或是祭奠中的牺牲，似不仅限于野蛮民族。罗马人让人和兽相斗相杀，西班牙人让牛和牛相斗相杀，作为一种娱乐来看。中世纪审判异教徒所用的酷刑无奇不有。在战争中人们对于屠杀尤其狂热，杀死几百万生灵如同踏死一堆蚂蚁一样平常，报纸上轻描淡写地记一笔，造成这屠杀记录者且热烈地庆祝一场。就在和平时期，报纸上杀人、起火、翻船、离婚之类不幸的消息也给许多观众以极大的快慰。一位西方作家说过："揭开文明人的表皮，在里皮里你会发见野蛮人。"据说大哲学家斯宾诺莎的得意的消遣是捉蚊蝇摆在蛛网上看它们被吞食。近代心理学家研究变态心理所表现的种种奇怪的虐害动机如"撒地主义"（sadism），尤足令人毛骨悚然。这类事实引起一部分哲学家，如中国的荀子和英国的霍布斯，推演出“性恶”一结论。

有些学者对于幸灾乐祸的心理，不以性恶为最终解释而另求原因。最早的学说是自觉安全说。拉丁诗人卢克莱修说：“狂风在起波浪时，站在岸上看别人在苦难中挣扎，是一件愉快的事。”这就是中国成语中的“隔岸观火”。卢克莱修以为使我们愉快的并非看见别人的灾祸，而是庆幸自己的安全。霍布斯的学说也很类似。他以为别人痛苦而自己安全，就足见自己比别人高一层，心中有一种光荣之感。苏格兰派哲学家如倍恩（Bain）之流以为幸灾乐祸的心理基于权力欲。能给苦痛让别人受，就足显出自己的权力。这几种学说都有一个共同点：就是都假定幸灾乐祸时有一种人我比较，比较之后见出我比人安全，比别人高一层，比别人有权力，所以高兴。

这种比较也许是有的，但是比较的结果也可以发生与幸灾乐祸相反的念头。比如我们在岸上看翻船，也可以忘却自己处在较幸运的地位，而假想到自己在船上碰着那些危险的境遇，心中是如何惶恐、焦急、绝望、悲痛。将己心比人心，人的痛苦就变成自己的痛苦。痛苦的程度也许随人而异，而心中总不免有一点不安、一点感动和一点援助的动机。有生之物都有一种同类情感。对于生命都想留恋和维护，凡遇到危害生命的事情都不免恻然感动，无论那生命是否属于自己。生命是整个的有机体，我们每个人是其中一肢一节，这一肢的痛痒引起那一肢的痛痒。这种痛痒相关是极原始的、自然的、普遍的。父母遇着儿女的苦痛，仿佛自身在苦痛。同类相感，不必都如此深切，却都可由此类推。这种同类的痛痒相关就是普通所谓"同情"，孟子所谓"恻隐之心"。孟子所用的比譬极亲切："今人乍见孺子将入于井，皆有怵惕恻隐之心。"他接着推求原因说："非所以内交于孺子之父母也，非所以要誉于乡党朋友也，非恶其声而然也。"他没有指出正面的原因，但是下结论说："由是观之，无恻隐之心非人也。"他的意思是说恻隐之心并非起于自私的动机，人有恻隐之心只因为人是人，它是组成人性的基本要素。

从此可知遇着旁人受苦难时，心中或是发生幸灾乐祸的心理，或是发生恻隐之心，全在一念之差。一念向此，或一念向彼，都很自然，但在动念的关头，差以毫厘便谬以千里。念头转向幸灾乐祸的一方面去，充类至尽，便欺诈凌虐，屠杀吞并，刀下不留情，睁眼看旁人受苦不伸手援助，甚至落井下石，这样一来，世界便变成冤气弥漫、黑暗无人道的场所；念头转向恻隐一方面去，充类至尽，则四海兄弟，一视同仁，守望相助，疾病相扶持，老有所养，幼有所归，鳏寡孤独者亦可各得其所，这样一来，世界便变成一团和气、其乐融融的场所。野蛮与文化，恶与善，祸与福，生存与死灭的歧路全在这一转念上面，所以这一转念是不能苟且的。

这一转念关系如许重大，而转好转坏又全系在一个刀锋似的关头上，好转与坏转又同样的自然而容易，所以古今中外大思想家和大宗教家，都紧握住这个关头。各派伦理思想尽管在侧轻侧重上有差别，各派宗教尽管在信条仪式上互相悬殊，都着重一个基本德行。孔孟所谓“仁”，释氏所谓“慈悲”，耶稣所谓“爱”，都全从人类固有的一点恻隐之心出发。他们都看出在临到同类受苦受难的关头上，一着走错，全盘皆输，丢开那一点恻隐之心不去培养，一切道德都无基础，人类社会无法维持，而人也就丧失其所以为人的本性。这是人类智慧的一个极平凡而亦极伟大的发见，一切伦理思想，一切宗教，都基于这点发见。这也就是说，恻隐之心是人类文化的泉源。

如果幸灾乐祸的心理起于人我的比较，恻隐之心更是如此，虽然这种比较不必尽浮到意识里面来。儒家所谓“推己及物”“举斯心加诸彼”“己所不欲，勿施于人”，都是指这种比较。所以“仁”与“恕”是一贯的，不能恕决不能仁。恕须假定知己知彼，假定对于人性的了解。小孩虐待弱小动物，说他们残酷，不如说他们无知，他们根本没有动物能痛苦的观念。许多成人残酷，也大半由于感觉迟钝，想象平凡，心眼窄所以心肠硬。这固然要归咎于天性薄，风俗习惯的濡染和教育的熏陶也有关系。函人惟恐伤人，矢人惟恐不伤人，职业习惯的影响于此可见。希腊盛行奴隶制度，大哲学家如柏拉图、亚理斯多德都不以为非；在战争的狂热中，耶稣教徒祷祝上帝歼灭同奉耶教的敌国，风气的影响于此可见。善人为邦百年，才可以胜残去杀，习惯与风俗既成，要很大的教育力量，才可挽回转来。在近代生活竞争剧烈，战争为解决纠纷要径，而道德与宗教的势力日就衰颓的情况之下，恻隐之心被摧残比被培养的机会较多。人们如果不反省痛改，人类前途将日趋于黑暗，这是一个极可危惧的现象。

凡是事实，无论它如何不合理，往往都有一套理论替它辩护。有战争屠杀就有辩护战争屠杀的哲学。恻隐之心本是人道基本，在事实上摧残它的人固然很多，在理论上攻击它的人亦复不少。柏拉图在《理想国》里攻击戏剧，就因为它能引起哀怜的情绪，他以为对人起哀怜，就会对自己起哀怜，对自己起哀怜，就是缺乏丈夫气，容易流于怯懦和感伤。近代德国一派唯我主义的哲学家如斯蒂纳（Sterner）、尼采之流，更明目张胆地主张人应尽量扩张权力欲，专为自己不为旁人，恻隐仁慈只是弱者的德操。弱者应该灭亡，而且我们应促成他们灭亡。尼采痛恨无政府主义者和耶稣教徒，说他们都迷信恻隐仁慈，力求妨碍个人的进展。这种超人主义酿成近代德国的武力主义。在崇拜武力侵略者的心目中，恻隐之心只是妇人之仁，有了它心肠就会软弱，对弱者与不康健者（兼指物质的与精神的）持姑息态度，做不出英雄事业来。哲学上的超人主义在科学上的进化主义又得一个有力的助手。在达尔文一派生物学家看，这世界只是一个生存竞争的战场，优胜劣败，弱肉强食，就是这战场中的公理。这种物竞说充类至尽，自然也就不能容许恻隐之心的存在。因为生存需要斗争，而斗争即须拼到你死我活，能够叫旁人死而自己活着的就是“最适者”。老弱孤寡疲癃残疾以及其他一切灾祸的牺牲者照理应归淘汰。向他们表示同情，援助他们，便是让最不适者生存，违反自然的铁律。

恻隐之心还另有一点引起许多人的怀疑。它的最高度的发展是悲天悯人，对象不仅是某人某物，而是全体有生之伦。生命中苦痛多于快乐，罪恶多于善行，祸多于福，事实常追不上理想。这是事实，而这事实在一般敏感者的心中所生的反响是根本对于人生的悲悯。悲悯理应引起救济的动机，而事实上人力不尽能战胜自然，已成的可悲悯的局面不易一手推翻，于是悲悯者变成悲剧中的主角，于失败之余，往往被逼向两种不甚康健的路上去，一是感伤愤慨，遗世绝俗，如屈原一派人；一是看空一切，徒作未来世界或另一世界的幻梦，如一般厌世出家的和尚。这两种倾向有时自然可以合流。近代许多文学作品可以见出这些倾向。比如哈代（T.Hardy）的小说、豪斯曼（A.E.Housman）的诗，都带着极深的哀怜情绪，同时也带着极浓的悲观色彩。许多人不满意于恻隐之心，也许因为它有时发生这种不康健的影响。

恻隐之心有时使人软弱怯懦，也有时使人悲观厌世。这或许都是事实。但是恻隐之心并没有产生怯懦和悲观的必然性。波斯大帝泽克西斯（Xerxes）率百万大军西征希腊，站在桥头望台上看他的军队走过赫勒斯滂海峡，回头向他的叔父说：“想到人寿短促，百年之后，这大军之中没有一个人还活着，我心里突然感到一阵怜悯。”但是这一阵怜悯并没有打消他征服希腊的雄图。屠格涅夫在一首散文诗里写一只老麻雀牺牲性命去从猎犬口里救落巢的雏鸟。那首诗里充满着恻隐之心，同时也充满着极大的勇气，令人起雄伟之感。孔子说得好：“仁者必有勇。”古今伟大人物的生平大半都能证明真正敢作敢为的人往往是富于同类情感的。菩萨心肠与英雄气骨常有连带关系，最好的例是释迦。他未尝无人世空虚之感，但不因此打消救济人类世界的热望。“我不入地狱，谁入地狱！”这是何等的悲悯！同时，这是何等的勇气！孔子是另一个好例。他也明知“滔滔者天下皆是”，但是“知其不可为而为之”。“鸟兽不可与同群，吾非斯人之徒与而谁与？天下有道，丘不与易也。”这是何等的悲悯！同时，这是何等的勇气！世间勇于作淑世企图的人，无论是哲学家、宗教家或社会革命家，都有一片极深挚的悲悯心肠在驱遣他们，时时提起他们的勇气。

现在回到本文开始时所引的罗素的一段话。他说：“人道的动机使我们尽一分力量来灭除其余九十九分力量所做的过恶，这是他们（中国人）所没有的。”这话似无可辩驳。但是我以为我们缺乏恻隐之心，倒不仅在遇饥荒不赈济，穷来卖儿女作奴隶，看到颠沛无告的人掩鼻而过之类的事情，而尤在许多人看到整个社会日趋于险境，不肯做一点挽救的企图。教育家们睁着眼睛看青年堕落，政治家们睁着眼睛看社会秩序紊乱，富商大贾睁着眼睛看经济濒危，都漫不在意，仍是各谋各的安富尊荣，有心人会问：“这是什么心肝？”如果我们回答说：“这心肝缺乏恻隐。”也许有人觉得这话离题太远。其实病原全在这上面。成语中有“麻木不仁”的字样，意义极好，麻木与不仁是连带的。许多人对于社会所露的险象都太麻木，我想这是不能否认的。他们麻木，由于他们不仁（用我们的辞语来说，缺乏恻隐之心）。麻木不仁，于是一切都受支配于盲目的自私。这毛病如何救济，大是问题。说来易，做来难。一般人把一切性格上的难问题都推到教育，教育是否有这样万能，我很怀疑。在我想，大灾大乱也许可以催促一部分人的猛省，先哲伦理思想的彻底认识以及佛耶二教的基本精神的吸收，也许可造成一种力量。无论如何，在建国事业中的心理建设项下，培养恻隐之心必定是一个重要的节目。

谈羞恶之心

《新约》里《约翰福音》第八章记载这样一段故事：

耶稣在庙里布教，一大群人围着他听。刑名师和法利赛人带着一个行淫被拘的妇人来，把她放在群众当中，向耶稣说："这妇人是正在行淫时被拿着的。摩西在法律中吩咐过我们，像这样的人应用石头钉死，你说怎样办呢？"耶稣弯下身子来用指画地，好像没有听见他们。他们继续着问，耶稣于是抬起身子来向他们说："你们中间谁是没有罪的，就让谁先拿石头钉她。"说完又弯下身子用指画地。他们听到这话，各人心里都有内疚，一个一个地走出去，从最年老的到最后的，只剩下耶稣，那妇人仍站在当中。耶稣抬起身子来向她说："妇人，告你状的人到哪里去了呢？没有人定你的罪么？"她说："没有人，我主。"耶稣说："我也不定你的罪，去吧，以后不要再犯了。"

这段故事给我以极深的感动，也给我以不小的惶惑。耶稣的宽宥是恻隐之心的最高的表现，高到泯没羞恶之心的程度，这令人对于他的胸怀起伟大崇高之感。同时，我们也难免惶惑不安。如果这种宽宥的精神充类至尽，我们不就要姑息养奸，任世间一切罪孽过恶蔓延，简直不受惩罚或裁制么？

我们对于世间罪孽、过恶原可以持种种不同的态度。是非善恶本是世间习用的分别，超出世间的看法，我们对于一切可作平等观。正觉烛照，五蕴皆空。嗔恚有碍正觉，有如“清冷云中，霹雳起火”。无论在人在我，销除过恶，都当以正觉净戒，不可起嗔恚。这是佛家的态度。其次，即就世间法而论，是非善恶之类道德观念起于“实用理性批判”。若超出实用的观点，我们可以拿实际人生中一切现象如同图画、戏剧一样去欣赏，不作善恶判断，自不起道德上的爱恶，如尼采所主张的。这是美感的态度。再次，即就世间法的道德观点而论，人生来不能尽善尽美，我们彼此都有弱点，就不免彼此都有过错。这是人类共同的不幸。如果遇到弱点的表现，我们须了解这是人情所难免，加以哀矜与宽恕。“了解一切，就是宽恕一切。”这是耶稣教徒的态度。

这几种态度都各有很崇高的理想，值得我们景仰向往，而且有时值得我们努力追攀。不过在这不完全的世界中，理想永远是理想，我们不能希望一切人得佛家所谓正觉，对一切作平等观，不能而且也不应希望一切人在一切时境都如艺术家对于罪孽、过恶纯取欣赏态度，也不能希望一切人都有耶稣那样宽恕的态度，而且一切过恶都可受宽恕的感化。我们处在人的立场为人类谋幸福，必希望世间罪孽、过恶减少到可能的最低限度。减少的方法甚多，积极的感化与消极的裁制似都不可少。我们不能人人有佛的正觉，也不能人人有耶稣的无边的爱，但是我们人人都有几分羞恶之心。世间许多法律制度和道德信条都是利用人类同有的羞恶之心作原动力。近代心理学更能证明羞恶之心对于人格形成的重要。基于羞恶之心的道德影响也许是比较下乘的，但同时也是比较实际的，近人情的。

“羞恶之心”一词出于孟子，他以为是“义之端”，这就是说，行为适宜或恰到好处，须从羞恶之心出发。朱子分羞恶为两事，以为“羞是羞己之恶，恶是恶人之恶”。其实只要是恶，在己者可羞亦可恶，在人者可恶亦可羞。只拿行为的恶做对象说，羞恶原是一事。不过从心理的差别说，羞恶确可分对己对人两种。就对己说，羞恶之心起于自尊情操。人生来有向上心，无论在学识、才能、道德或社会地位方面，总想达到甚至超过流行于所属社会的最高标准。如果达不到这标准，显得自己比人低下，就自引以为耻。耻便是羞恶之心，西方人所谓荣誉意识（sense of honour）的消极方面。有耻才能向上奋斗。这中间有一个人我比较，一方面自尊情操不容我居人下，一方面社会情操使我顾虑到社会的毁誉。所以知耻同时有自私的和泛爱的两个不同的动机。对于一般人，耻（即羞恶之心）可以说就是道德情操的基础。他们趋善避恶，与其说是出于良心或责任心，不如说是出于羞恶之心，一方面不甘居下流，一方面看重社会的同情。中国先儒认清此点，所以布政施教，特重明耻。管子甚至以耻与礼义廉并称为“国之四维”。

人须有所为，有所不为。羞恶之心最初是使人有所不为。孟子在讲羞恶之心时，只说是“义之端”，并未举例说明，在另一段文字里他说：“人能充无穿窬之心，而义不可胜用也，人能充无受尔汝之实，无所往而不为义也。”这里他似在举羞恶之心的实例，“无穿窬”（不做贼）和“无受尔汝之实”（不愿被人不恭敬地称呼），都偏于“有所不为”和“胁肩谄笑，病于夏畦”“巧言令色足恭，左丘明耻之，丘亦耻之”之类心理相同。但孟子同时又说：“人皆有所不为，达之于其所为，义也。”这就是说，羞恶之心可使人耻为所不应为，扩充起来，也可以使人耻不为所应为。为所应为便是尽责任，所以“知耻近乎勇”。人到了无耻，便无所不为，也便不能有所为。有所不为便可以寡过。但绝对无过实非常人所能。儒家与耶教都不责人有过，只力劝人改过。知过能改，须有悔悟。悔悟仍是羞恶之心的表现。羞恶未然的过恶是耻，羞恶已然的过恶是悔。耻令人免过，悔令人改过。

孟子说：“不耻不若人，何若人有？”耻使人自尊自重，不自暴自弃。近代阿德勒（Adler）一派心理学说很可以引来说明这个道理。有羞恶之心先必发见自己的欠缺，发见了欠缺，自以为耻（阿德勒所谓“卑劣情意综”），觉得非努力把它降伏下去，显出自己的尊严不可（阿德勒所谓“男性的抗议”），于是设法来弥补欠缺，结果不但欠缺弥补起，而且所达到的成就还比平常更优越。德摩斯梯尼本来口吃，不甘受这欠缺的限制，发愤练习演说，于是成为希腊的最大演说家。贝多芬本有耳病，不甘受这欠缺的限制，发愤练习音乐，于是成为德国的最大音乐家。阿德勒举过许多同样的实例，证明许多历史上的伟大人物在身体资禀或环境方面都有缺陷，这缺陷所生的“卑劣情意综”激起他们的“男性的抗议”，于是他们拿出非常的力量，成就非常的事业。中国左丘明因失明而作《国语》，孙子因膑足而作《兵法》，司马迁因受宫刑而作《史记》，也是很好的例证。阿德勒偏就器官机能方面着眼，其实他的学说可以引申到道德范围。因卑劣意识而起男性抗议，是“知耻近乎勇”的一个很好的解释。诸葛孔明要邀孙权和刘备联合去打曹操，先假劝他向曹操投降，孙权问刘备何以不降，他回答说：“田横齐之壮士耳，犹守义不辱。况刘豫州王室之胄，英才盖世，安能复为之下乎？”孙权听到这话，便勃然宣布他的决心：“吾不能举全吴之地，十万之众，受制于人！”这就是先激动羞耻心，再激动勇气，由卑劣意识引到男性抗议。

孟子讲羞恶之心，似专就对己一方面说。朱子以为它还有对人一方面，想得更较周到。我们对人有羞恶之心，才能嫉恶如仇，才肯努力去消除世间罪孽、过恶。孔子大圣人，胸襟本极冲和，但《论语》记载他恶人的表现特别多。冉有不能救季氏僭礼，宰我对鲁哀公说话近逢迎，子路说轻视读书的话，樊迟请学稼圃，孔子对他们所表示的态度都含有羞恶的意味。子贡问他："君子亦有所恶乎？"他回答说："有，恶称人之恶者，恶居下流而讪上者，恶勇而无礼者，恶果敢而窒者。"一口气就数上一大串。他尝以"吾未见好仁者恶不仁者"为欢。他最恶的是乡愿（现在所谓伪君子），因为这种人"阉然媚于世，非之无举，刺之无刺，居之似忠信，行之似廉洁，众皆悦之，自以为是，而不可与入尧舜之道"。他一度为鲁相，第一件要政就是诛少正卯，一个十足的乡愿。我特别提出孔子来说，因为照我们的想象，孔子似不轻于恶人，而他竟恶得如此厉害，这最足证明凡道德情操深厚的人对于过恶必有极深的厌恶。世间许多人没有对象可五体投地地去钦佩，也没有对象可深入骨髓地去厌恶，只一味周旋随和，这种人表面上像是炉火纯青，实在是不明是非，缺乏正义感。社会上这种人愈多，恶人愈可横行无忌，不平的事件也愈可蔓延无碍，社会的混浊也就愈不易澄清。社会所借以维持的是公平（西方所谓 justice），一般人如果没有羞恶之心，任不公平的事件不受裁制，公平就无法存在。过去社会的游侠，和近代社会的革命者，都是迫于义愤，要"打抱不平"，虽非中行，究不失为狂狷，在社会腐浊的时候，仍是有他们的用处。

个人须有羞恶之心，集团也是如此。田横的五百义士不肯屈伏于刘邦，全体从容赴义，历史传为佳话，古人谈兵，说明耻然后可以教战，因为明耻然后知道"所恶有胜于死者"，不会苟且偷生。

我们民族这次英勇的抗战是最好的例证，大家牺牲安适、家庭、财产以至于生命，就因为不甘做奴隶的那一点羞恶之心。大抵一个民族当承平的时候，羞恶之心表现于公是公非，人民都能受道德法律的裁制，使社会秩序井然。所谓“化行俗美”，“有耻且格”。到了混乱的时候，一般人廉耻道丧，全民族的羞恶之心只能借少数优秀分子保存，于是才有“气节”的风尚。东汉太学生郭泰、李膺、陈蕃诸人处外戚宦官专权恣肆之际，独持清议，一再遭钩党之祸而不稍屈服。明末魏阉执权乱国，士大夫多阿谀取容，其无耻之尤者至认阉作父，东林党人独仗义直言，对阉党声罪致讨，至粉身碎骨而不悔。这些党人的行径容或过于褊急，但在恶势力横行之际能不顾一切，挺身维持正气，对于民族精神所留的影响是不可磨灭的。

目前我们民族正遇着空前的大难，国耻一重一重地压来，抗战的英勇将士固可令人起敬，而此外卖国求荣、贪污误国和醉生梦死者还大有人在，原因正在羞恶之心的缺乏。我们应该记着“明耻教战”的古训，极力培养人皆有之的一点羞恶之心。我们须知道做奴隶可耻，自己睁着眼睛望做奴隶的路上走更可耻。罪过如果在自己，应该忏悔；如果在旁人，也应深恶痛嫉，设法加以裁制。

谈谦虚

说来说去，做人只有两桩难事，一是如何对付他人，一是如何对付自己。这归根还只是一件事，最难的事还是对付自己，因为知道如何对付自己，也就知道如何对付他人，处世还是立身的一端。

自己不易对付，因为对付自己的道理有一个模棱性，从一方面看，一个人不可无自尊心，不可无我，不可无人格。从另一方面看，他不可有妄自尊大心，不可执我，不可任私心成见支配。总之，他自视不宜太小，却又不宜太大，难处就在调剂安排，恰到好处。

自己不易对付，因为不容易认识，正如有力不能自举，有目不能自视。当局者迷，旁观者清。我们对于自己是天生成的当局者而不是旁观者，我们自囿于“我”的小圈子，不能跳开“我”来看世界、来看“我”，没有透视所必需的距离，不能取正确观照所必需的冷静的客观态度，也就生成地要执迷，认不清自己，只任私心、成见、虚荣、幻觉种种势力支配，把自己的真实面目弄得完全颠倒错乱。我们像蚕一样，作茧自缚，而这茧就是自己对于自己所错认出来的幻相。真正有自知之明的人实在不多见。“知人则哲”，自知或许是哲以上的事。“知道你自己”一句古训所以被称为希腊人最高智慧的结晶。

“知道你自己”，谈何容易！在日常自我估计中，道理总是自己的对，文章总是自己的好，品格也总是自己的高，小的优点放得特别大，大的弱点缩得特别小。人常“阿其所好”，而所好者就莫过于自己。自视高，旁人如果看得没有那么高，我们的自尊心就遭受了大打击，心中就结下深仇大恨。这种毛病在旁人，我们就马上看出；在自己，我们就熟视无睹。

希腊神话中有一个故事。一位美少年纳西司（Narcissus）自己羡慕自己的美，常伏在井栏上俯看水里自己的影子，愈看愈爱，就跳下去拥抱那影子，因此就落到井里淹死了。这寓言的意义很深永。我们都有几分“纳西司病”，常因爱看自己的影子堕入深井而不自知。照镜子本来是好事，我们对于不自知的人常加劝告：“你去照照镜子看！”可是这种忠告是不聪明的，他看来看去，还是他自己的影子，像纳西司一样，他愈看愈自鸣得意，他的真正面目对于他自己也就愈模糊。他的最好的镜子是世界，是和他同类的人。他认清了世界，认清了人性，自然也就会认清自己，自知之明需要很深厚的学识经验。

德尔斐神谕宣示希腊说：苏格拉底是他们中间最大的哲人。而苏格拉底自己的解释是：他本来和旁人一样无知，旁人强不知以为知，他却明白自己的确无知，他比旁人高一着，就全在这一点。苏格拉底的话老是这样浅近而深刻，诙谐而严肃。他并非说客套的谦虚话，他真正了解人类知识的限度。“明白自己无知”是比得上苏格拉底的那样哲人才能达到的成就。有了这个认识，他不但认清了自己，多少也认清了宇宙。孔子也仿佛有这种认识。他说：“吾有知乎哉，无知也。”他告诉门人：“知之为知之，不知为不知，是知也。”所谓“不知之知”正是认识自己所看到的小天地之外还有无边世界。

这种认识就是真正的谦虚。谦虚并非故意自贬声价，作客套应酬，像虚伪者所常表现的假面孔；它是起于自知之明，知道自己所已知的比起世间所可知的非常渺小，未知世界随着已知世界扩大，愈前走发见天边愈远。他发见宇宙的无边无底，对之不能不起崇高雄伟之感，返观自己渺小，就不能不起谦虚之感，谦虚必起于自我渺小的意识，谦虚者的心目中必有一种为自己所不知不能的高不可攀的东西，老是要抬着头去望它。这东西可以是全体宇宙，可以是圣贤豪杰，也可以是一个崇高的理想。一个人必须见地高远，“知道天高地厚”才能真正地谦虚；不知道天高地厚的人就老是觉得自己伟大，海若未曾望洋，就以为“天下之美尽在己”。谦虚有它消极方面，就是自我渺小的意识；也有它积极方面，就是高远的瞻瞩与恢廓的胸襟。

看浅一点，谦虚是一种处世哲学。“人道恶盈而喜谦”，人本来没有可盈的时候，自以为盈，就无法再有所容纳，有所进益。谦虚是知不足，“知不足然后能自强”。一切自然节奏都是一起一伏。引弓欲张先弛，升高欲跳先蹲，谦虚是进取向上的准备。老子譬道，常用谷和水。“谷神不死”“旷兮其若谷”“上善若水”“天下莫柔弱于水而攻坚强者莫之能胜”。谷虚所以有容，水柔所以不毁。人的谦虚可以说是取法于谷和水，它的外表虽是空旷柔弱，而它的内在的力量却极刚健。《大易》的谦卦六爻皆吉。作《易》的人最深知谦的力量，所以说，“谦尊而光，卑而不可逾”。道家与儒家在这一点认识上是完全相同的。这道理好比打太极拳，极力求绵软柔缓，可是“四两拨千斤”，极强悍的力士在这轻推慢挽之前可以望风披靡。古希腊的悲剧作者大半是了解这个道理的，悲剧中的主角往往以极端的倔强态度和不可以倔强胜的自然力量（希腊人所谓神的力量）搏斗，到收场时一律被摧毁，悲剧的作者拿这些教训在观众心中引起所谓“退让”（resignation）情绪，使人恍然大悟，在自然大力之前，人是非常渺小的，人应该降下他的骄傲心，顺从或接收不可抵制的自然安排。这思想在后来耶稣教中也很占势力。近代科学主张“以顺从自然去征服自然”，道理也是如此。

看深一点，谦虚是一种宗教情绪。这道理在上文所说的希腊悲剧中已约略可见。宗教都有一个被崇拜的崇高的对象，我们向外所呈献给被崇拜的对象是虔敬，向内所对待自己的是谦虚。虔敬和谦虚是宗教情绪的两方面，内外相应相成。这种情绪和美感经验中的“崇高意识”（sense of the sublime）以及一般人的英雄崇拜心理是相同的。我们突然间发现对象无限伟大，无形中自觉此身渺小，于是栗然生畏，肃然起敬；但是惊心动魄之余，就继以心领神会，物我交融，不知不觉中把自己也提升到那同样伟大的境界。对自然界的壮观如此，对伟大的英雄如此，对理想中所悬的全知全能的神或尽善尽美的境界也是如此。在这种心境中，我们同时感到自我的渺小和人性的尊严，自卑和自尊打成一片。

我们姑拿两首人人皆知的诗来说明这个道理。一是陈子昂的，“前不见古人，后不见来者。念天地之悠悠，独怆然而涕下！”一是杜甫的，“侧身天地常怀古，独立苍茫自咏诗。”我们试玩味两诗所表现的心境。在这种际会，作者还是觉得上天下地，唯我独尊，因而踌躇满志呢，还是四顾茫茫，发见此身渺小而怳然若有所失呢？这两种心境在表面上是相反的，而在实际上却并行不悖，形成哲学家们所说的“相反者之同一”。在这种际会，骄傲和谦虚都失去了它们的寻常意义，我们骄傲到超出骄傲，谦虚到泯没谦虚。我们对庄严的世相呈献虔敬，对蕴藏人性的“我”也呈献虔敬。

有这种情绪的人才能了解宗教，释迦和耶稣都富于这种情绪，他们极端自尊也极端谦虚。他们知道自尊必从谦虚做起，所以立教特重谦虚。佛家的大戒是“我执”“我慢”。佛家的哲学精义在“破我执”。佛徒在最初时期都须以行乞维持生活，所以叫作“比丘”。行乞是最好的谦虚训练。耶稣常溷身下层阶级，一再告诫门徒说：“凡自己谦卑像这小孩的，他在天国里就是最大的”，“你们中间谁为大，谁就要做你们的用人，自高的必降为卑，自卑的必升为高”。这教训在中世纪发生极大影响，许多僧侣都操贱役，过极刻苦的生活，去实现谦卑（humiliation）的理想，圣佛兰西斯是一个很美的例证。

耶佛和其他宗教都有膜拜的典礼，它的意义深可玩味。在只是虚文时，它似很可鄙笑；在出于至诚时，它却是虔敬和谦虚的表现，人类可敬的动作就莫过于此。人难得弯下这个腰干，屈下这双膝盖，低下这颗骄傲的心，在真正可尊敬者的面前“五体投地”。有一次我去一个法会听经，看见皈依的信士们进来时恭恭敬敬地磕一个头，出去时又恭恭敬敬地磕一个头。我很受感动，也觉得有些尴尬。我所深感惭愧的倒不是人家都磕头而我不磕头，而是我的衷心从来没有感觉到有磕头的需要。我虽是愚昧，却明白这足见性分的浅薄。我或是没有脱离“无明”，没有发现一种东西叫我敬仰到须向它膜拜的程度；或是没有脱离“我慢”，虽然发现了可膜拜者而仍以膜拜为耻辱。

“我慢”就是骄傲，骄傲是自尊情操的误用。人不可没有自尊情操，有自尊情操才能知耻，才能有所谓荣誉意识（sense of

honour），才能有所为有所不为，也才能发奋向上。孔子说：“知耻近乎勇”，和《学记》的“知不足然后能自强”、《易经》的“谦尊而光，卑而不可逾”两句名言意义骨子里相同。近代心理学家阿德勒（Adler）把这个道理发挥得最透辟。依他看，我们有自尊心，不甘居下流，所以发现了自己的缺陷，就引以为耻，在心理形成所谓“卑劣结”（inferiority complex），同时激起所谓“男性的抗议”（masculine protest），要努力弥补缺陷，消除卑劣，来显出自己的尊严。努力的结果往往不但弥补缺陷，而且所达到的成就反比本来没有缺陷的更优越。希腊的德摩斯梯尼本来口吃，不甘心受这缺陷的限制，发愤练习演说，于是成为最大的演说家。中国孙子因膑足而成兵法，左丘明因失明而成《国语》，司马迁因受宫刑而作《史记》，道理也是如此。阿德勒所谓“卑劣结”其实就是谦虚，“知耻”，或“知不足”；他的“男性抗议”就是“自强”，“近乎勇”或“卑而不可逾”。从这个解释，我们也可以看出谦虚与自尊心不但并不相反，而且是息息相通。真正有自尊心者才能谦虚，也才能发奋为雄。“尧，人也，舜，人也，有为者亦若是”，在作这种打算时，我们一方面自觉不如尧舜，那就是谦虚，一方面自觉应该如尧舜，那就是自尊。

骄傲是自尊情操的误用，是虚荣心得到廉价的满足。虚荣心和幻觉相连，有自尊而无自知。它本来起于社会本能——要见好于人；同时也带有反社会的倾向，要把人压倒，它的动机在好胜而不在向上，在显出自己的荣耀而不在理想的追寻。虚荣加上幻觉，于是在人我比较中，我们比得胜固然自骄其胜，比不胜也仿佛自以为胜，或是丢开定下来的标准，另寻自己的胜处。我们常暗地盘算：你比我能干，可是我比你有学问；你干的那一行容易，地位低，不重要，我干的才是真正了不起的事业；你的成就固然不差，可是如果我有你的地位和机会，我的成就一定比你更好。总之，我们常把眼睛瞟着四周的人，心里作一个结论："我比你强一点！"于是伸起大拇指，洋洋自得，并且期望旁人都甘拜下风，这就是骄傲。人之骄傲，谁不如我？我以压倒你为快，你也以压倒我为快。无论谁压倒谁，妒忌、忿恨、争斗以及它们所附带的损害和苦恼都在所不免。人与人，集团与集团，国家与国家，中间许多灾祸都是这样酿成的。"礼至而民不争"，礼之端就是辞让，也就是谦虚。

欢喜比照人己而求己比人强的人大半心地窄狭，谩世傲物的人要归到这一类。他们昂头俯视一切，视一切为"卑卑不足道"，"望望然去之"。阮籍能为青白眼，古今传为美谈。这种谩世傲物的态度在中国向来颇受人重视。从庄子的"让王"类寓言起，经过魏晋清谈，以至后世对于狂士和隐士的崇拜，都可以表现这种态度的普遍。这仍是骄傲在作祟。在清高的烟幕之下藏着一种颇不光明的动机。"人都龌龊，只有我干净"（所谓"世人皆浊我独清"），他们在这种自信或幻觉中酕醉而陶然自乐。熟看《世说新语》，我始而羡慕魏晋人的高标逸致，继而起一种强烈的反感，觉得那一批人毕竟未闻大道，整天在臧否人物，自鸣得意，心地毕竟局促。他们忘物而未能忘我，正因其未忘我而终亦未能忘物，态度毕竟是矛盾。魏晋人自有他们的苦闷，原因也就在此。“人都龌龊，只有我干净。”这看法或许是幻觉，或许是真理。如果它是幻觉，那是妄自尊大；如果它是真理，就引以自豪，也毕竟是小气。孔子、释迦、耶稣诸人未尝没有这种看法，可是他们的心理反应不是骄傲而是怜悯，不是遗弃而是援救。长沮、桀溺说：“滔滔者天下皆是，而谁以易之？”孔子说：“鸟兽不可与同群，吾非斯人之徒与而谁与？”这是谩世傲物者与悲天悯人者在对人对己的态度上的基本分别。

人生本来有许多矛盾的现象，自视愈大者胸襟愈小，自视愈小者胸襟愈大。这种矛盾起于对于人生理想所悬的标准高低。标准悬得愈低，愈易自满，标准悬得愈高，愈自觉不足。虚荣者只求胜过人，并不管所拿来和自己比较的人是否值得做比较的标准。只要自己显得是长子，就在矮人国中也无妨。孟子谈交友的对象，分出“一乡之善士”“一国之善士”“天下之善士”“古之人”四个层次。我们衡量人我也要由“一乡之善士”扩充到“古之人”。大概性格愈高贵，胸襟愈恢廓，用来衡量人我的尺度也就愈大，而自己也就显得愈渺小。一个人应该有自己渺小的意识，不仅是当着古往今来的圣贤豪杰的面前，尤其是当着自然的伟大、人性的尊严和时空的无限。你要拿人比自己，且抛开张三李四，比一比孔子、释迦、耶稣、屈原、杜甫、米开朗琪罗、贝多芬或是爱迪生！且抛开你的同类，比一比太平洋、大雪山、诸行星的演变和运行，或是人类知识以外的那一个茫茫宇宙！在这种比较之后，你如果不为伟大崇高之感所撼动而俯首下心，肃然起敬，你就没有人性中最高贵的成分。你如果不盲目，看得见世界的博大，也看得见世界的精微，你想一想，世间哪里有临到你可凭以骄傲的？

在见道者的高瞻远瞩中，“我”可以缩到无限小，也可以放到无限大。在把“我”放到无限大时，他们见出人性的尊严；在把“我”缩到无限小时，他们见出人性在自己小我身上所实现的非常渺小。这两种认识合起来才形成真正的谦虚。佛家法相一宗把叫作“我”的肉体分析为“扶根尘”，和龟毛兔角同为虚幻，把“我”的通常知见都看成幻觉，和镜花水月同无实在性。这可算把自我看成极渺小。可是他们同时也把宇宙一切，自大地山河以至玄理妙义，都统摄于圆湛不生灭妙明真心，万法唯心所造，而此心却为我所固有，所以“明心见性”，“即心即佛”。这就无异于说，真正可以叫作“我”的那种“真如自性”还是在我，宇宙一切都由它生发出来，“我”就无异于创世主。这对于人性却又看得何等尊严！不但宗教家，哲学家像柏拉图、康德诸人大抵也还是如此看法。我们先秦儒家的看法也不谋而合。儒本有“柔懦”的意义，儒家一方面继承“一命而偻，再命而伛，三命而俯，循墙而走”那种传统的谦虚恭谨，一方面也把“我”看成“与天地合德”。他们说：

“返身而诚，万物皆备于我矣”，“能尽人之性，则能尽物之性；能尽物之性，则可以赞天地之化育，与天地参矣”。他们拿来放在自己肩膀上的责任是“为天地立心，为生民立命，为往圣继绝学，为万世开太平”。这种“顶天立地，继往开来”的自觉是何等尊严！

意识到人性的尊严而自尊，意识到自我的渺小而自谦，自尊与自谦合一，于是法天行健，自强不息，这就是《易经》所说的“谦尊而光，卑而不可逾”。

谈冷静

德国哲学家尼采把人类精神分为两种，一是阿波罗的，一是狄俄倪索斯的。这两个名称起源于希腊神话。阿波罗是日神，是光的来源，世间一切事物得着光才显现形象。希腊人想象阿波罗凭临奥林庇斯高峰，雍容肃穆，转运他的奕奕生辉的巨眼，普照世间一切，妍丑悲欢，同供玩赏，风帆自动而此心不为之动，他永远是一个冷静的旁观者。狄俄倪索斯是酒神，是生命的来源，生命无常幻变，狄俄倪索斯要在生命幻变中忘却生命幻变所生的痛苦，纵饮狂歌，争取刹那间尽量的欢乐，时时随着生命的狂澜流转，如醉如痴，曾不停止一息来返观自然或是玩味事物的形象，他永远是生命剧场中一个热烈的扮演者。尼采以为人类精神原有这两种分别，一静一动，一冷一热，一旁观，一表演。艺术是精神的表现，也有这两种分别，例如图画、雕刻等造型艺术是代表阿波罗精神的，音乐、跳舞等非造型艺术是代表狄俄倪索斯精神的。依尼采看，古代希腊人本最富于狄俄倪索斯精神，体验生命的痛苦最深切，所以内心最悲苦，然而没有走上绝望自杀的路，就好在有阿波罗精神来营救，使他们由表演者的地位跳到旁观者的地位，由热烈而冷静，于是人生一切灾祸罪孽便变成庄严灿烂的意象，产生了希腊人的最高艺术——悲剧。

尼采的这番话乍看来未免离奇，实在含有至理。近代心理学区分性格的话和它暗合的很多，我们在这里不必繁引。尼采专就希腊艺术着眼，以为它的长处在以阿波罗精神化狄俄倪索斯精神。希腊艺术的作风在后来被称为“古典的”，和“浪漫的”相对立。所谓“古典的”作风特点就在冷静、有节制、有含蓄，全体必须和谐完美；所谓“浪漫的”作风特点就在热烈、自由流露、尽量表现、想象丰富、情感深至，而全体形式则偶不免有瑕疵。从此可知古典主义是偏于阿波罗精神的，浪漫主义是偏于狄俄倪索斯精神的。

“古典的”与“浪漫的”原只适用于文艺，后来常有人借用这两个形容词来谈人的性格，说冷静的、纯正的、情理调和的人是“古典的”；热烈的、好奇特的、偏重情感与幻想的人是“浪漫的”。人禀赋不同，生来各有偏向，教育与环境也常容易使人习染于某一方面，但就大体来说，青年人的性格常偏于“浪漫的”，老年人的性格常偏于“古典的”，一个民族也往往如此。这两种性格各有特长，在理论上我们似难作左右袒。不过我们可以说，无论在艺术或在为人方面，“浪漫的”都多少带着些稚气，而“古典的”

则是成熟的境界。如果读者容许我说一点个人的经验，我的青年期已过去了，现在快走完中年的阶段，我曾经热烈地爱好过“浪漫的”文艺与性格，现在已开始逐渐发见“古典的”更可爱。我觉得一个人在任何方面想有真正伟大的成就，“古典的”“阿波罗的”冷静都绝不可少。

要明白冷静，先要明白我们通常所以不能冷静的原因。说浅一点，不能冷静是任情感、逞意气、易受欲望的冲动，处处显得粗心浮气；说深一点，不能冷静是整个性格修养上的欠缺，心境不够冲和豁达，头脑不够清醒，风度不够镇定安详。说到性格修养，困难在调和情与理。人是有生气的动物，不能无情感；人为万物之灵，不能无理智。情热而理冷，所以常相冲突。有一部分宗教家和哲学家见到任情纵欲的危险，主张抑情以存理。这未免是剥丧一部分人类天性，可以使人生了无生气，不能算是健康的人生观。中外大哲人如孔子、柏拉图诸人都主张以理智节制情欲，使情欲得其正而能与理智相调和。不过这不是一件易事。孔子自道经验说：“七十而从心所欲，不逾矩。”这才算是情理融和的境界，以孔子那样的圣哲，到七十岁才能做到，可见其难能可贵。大抵修养入手的功夫在多读书明理，自己时时检点自己，要使理智常是清醒的，不让情感与欲望恣意孤行，久而久之，自然胸襟澄然，矜平躁释，遇事都能保持冷静的态度。

学问是理智的事，所以没有冷静的态度不能做学问。在做学问方面，冷静的态度就是科学的态度。科学（一切求真理的活动都包含在内）的任务在根据事实推求原理，在紊乱中建立秩序，在繁复中寻求条理。要达到这种任务，科学必须尊重所有的事实，无论它是正面的或反面的，不能挟丝毫成见去抹煞事实或是歪曲事实；他根据人力所能发见的事实去推求结论，必须步步虚心谨慎，把所有的可能的解说都加以缜密考虑，仔细权衡得失，然后选定一个比较圆满的解说，留待未来事实的参证。所以科学的态度必须冷静，冷静才能客观、缜密、谨严。尝见学者立说，胸中先有一成见，把反面的事实抹煞，把相反的意见丢开，矜一曲之见为伟大发明，旁人稍加批评，便以怒目相加，横肆诋骂，批评者也以诋骂相报，此来彼去，如泼妇骂街，把原来的论点完全忘去。我们通常说这是动情感，凭意气。一个人愈易动情感，凭意气，在学问上愈难有成就。一个有学问的人必定是“清明在躬，志气如神”，换句话说，必定能冷静。

一般人欢喜拿文艺和科学对比，以为科学重理智而文艺重情感。其实文艺正因为表现情感的缘故，需要理智的控制反比科学更甚。英国诗人华兹华斯曾自道经验说：“诗起于沉静中所回味得来的情绪。”人人都能感受情绪，感受情绪而能在沉静中回味，才是文艺家的特殊修养。感受是能入，回味是能出。能入是主观的、热烈的；回味是客观的、冷静的。前者是尼采所谓狄俄倪索斯精神的表现，而后者则是阿波罗精神的表现，许多人以为生糙情感便是文艺材料，怪自己没有能力去表现，其实文艺须在这生糙情感之上加以冷静的回味、思索、安排，才能豁然贯通，见出形式。语言与情思都必经过洗刷炼裁，才能恰到好处。许多人在兴高采烈时完成一个作品，便自矜为绝作，过些时候自己再看一遍，就不免发见许多毛病。罗马批评家贺拉斯劝人在完成作品之后，放下几年才发表，也是有见于文艺创作与修改，须要冷静，过于信任一时热烈兴头是最易误事的。我们在前面已经说过，成熟的“古典的”文艺作品特色就在冷静。近代写实派不满意于浪漫派，原因在也主张文艺要冷静。一个人多在文艺方面下工夫，常容易养成冷静的态度。关于这一点，我在几年前写过一段自白，希望读者容许我引来参证：

> 我应该感谢文艺的地方很多，尤其它教我学会一种观世法。一般人常以为只有科学的训练才可以养成冷静的客观的头脑。……我也学过科学，但是我的冷静的客观的头脑不是从科学而是从文艺得来的。凡是不能持冷静的客观的态度的人，毛病都在把“我”看得太大。他们从“我”这一副着色的望远镜里看世界，一切事物于是都失去它们的本来面目。所谓冷静的客观的态度就是丢开这副望远镜，让“我”跳到圈子以外，不当作世界里有“我”而去看世界，还是把“我”与类似“我”的一切东西同样看待。这是文艺的观世法，也是我所学得的观世法。

我引这段话，一方面说明文艺的活动是冷静，一方面也趁便引出做人也要冷静的道理。我刚才提到丢开“我”去看世界，我们也应该丢开“我”去看“我”。“我”是一个最可宝贵也是最难对付的东西。一个人不能无“我”，无“我”便是无主见，无人格。一个人也不能执“我”，执“我”便是持成见、逞意气，做学问不易精进，做事业也不易成功。佛家主张“无我相”，老子劝告孔子“去子之骄气与多欲”，都是有见于“执我”的错误。“我”既不能无，又不能执，如何才可以调剂安排，恰到好处呢？这需要知识。我们必须彻底认清“我”，才会妥帖地处理“我”。

“知道你自己”，这句名言为一般哲学家公认为希腊人的最高智慧的结晶。世间事物最不容易知道的是你自己，因为要知道你自己，你必须能丢开“我”去看“我”，而事实上有了“我”就不易丢开“我”，许多人都时时为我见所蒙蔽而不自知，人不易自知，犹如有眼不能自见，有力不能自举。你本是一个凡人，你却容易把自己看成一个英雄；你的某一个念头、某一句话、某一种行为本是错误的，因为是你自己所想的、说的、做的，你的主观成见总使你自信它是对的。执迷不悟是人所常犯的过失。中国儒家要除去这个毛病，提倡“自省”的功夫。“自省”就是自己审问自己，丢开“我”去看“我”。一般人眼睛常是朝外看，自省就是把眼光转向里面看。一般能自省的人才能自知。自省所凭借的是理智，是冷静的客观的科学的头脑。能冷静自省，品格上许多亏缺都可以免除。比如你发愤时，经过一番冷静的自省，你的怒气自然消释；你起了一个不正当的欲念时，经过一番冷静的自省，那个欲念也就冷淡下去；你和人因持异见争执，盛气相凌，你如果能冷静地把所有的论证衡量一下，你自然会发见谁是谁非，如果你自己不对，你须自认错误，如果你自己对，你有理由可以说服人。

从这些例子看，“自省”含有“自制”的工夫在内。一个能自制的人才能自强。能自制便有极大的意志力，有极大的意志力才能认定目标，看清事物条理，征服一切环境的困难，百折不挠以抵于成功。古今英雄豪杰有大过人的地方都在有坚强的意志力，而他们的坚强的意志力的表现往往在自制方面。哲学家如苏格拉底，宗教家如耶稣、释迦牟尼，政治家如诸葛亮、谢安、李泌，都是显著的实例。许多人动辄发火生气，或放辟邪侈、横无忌惮，或暴戾刚愎、恣意孤行，这种人看来像是强悍勇猛，实在最软弱，他们做情感的奴隶，或是卑劣欲望的奴隶，自己尚且不能控制，怎能控制旁人或控制环境呢？这种人大半缺乏冷静，遇事鲁莽灭裂，终必至于偾事。如果军国大政落在这种人的手里，则国家民族变成野心或私欲的孤注，在一喜一怒之间轻轻被断送。今日的德意志和日本不惜涂炭千百万生灵，置全民族命脉于险境，实由于少数掌政权者缺乏冷静的头脑，聊图逞一时的意气与狂妄的野心，如悬崖纵马，一放而不可收拾。这是最好的殷鉴。人类许多不必要的灾祸罪孽都是这种人惹出来的。如果我们从这些事例上想一想，就可以见出一个人或一个民族在失去冷静的理智的态度时所冒的危险。

一个理想的人须是有德有学有才。德与学需要冷静，如上所述，才也不是例外。才是处事的能力。一件事常有许多错综复杂的关系，头脑不冷静的人处之，便如置身五里雾中，觉得需要处理的是一团乱丝，处处是纠纷困难。他不是束手无策，就是考虑不周到，布置不缜密，一个困难未解决，又横生枝节，把事情弄得更糟，冷静的人便能运用科学的眼光，把目前复杂情形全盘一看，看出其中关系条理与轻重要害，在种种可能的办法之中选择一个最合理的，于是一切纠纷困难便如庖丁解牛，迎刃而解。治个人私事如此，治军国大事也是如此，能冷静的人必能谋定后动，动无不成。

一个冷静的人常是立定脚跟，胸有成竹，所以临难遇险，能好整以暇，雍容部署，不至张皇失措。我们中国人对于这种风格向来当作一种美德来欣赏赞叹。孔子在陈过匡，视险若夷，汉高伤胸扪足，史传都传为美谈，后来《世说新语》所载的“雅量”事例尤多，现提举数条来说明本文所谈的冷静：

> 桓公伏甲设馔，广延朝士，因此欲诛谢安、王坦之。王甚遽，问谢曰：“当作何计？”谢神色不变，谓文度曰：“晋阼存亡在此一行。”相与俱前，王之恐状转见于色，谢之宽容愈表于貌，望阶趋席，方作“洛生咏”，讽“浩浩洪流”。桓惮其旷远，乃趣解兵。王谢旧齐名，于此始判优劣。

谢太傅盘桓东山，时与孙兴公诸人泛海戏。风起浪涌，孙王诸人色并遽，便唱使还。太傅神情方王，吟啸不言。舟人以公貌闲意悦，犹去不止。既风转急浪猛，诸人皆喧动不坐。公徐云："如此，将无归。"众人即承响而回，于是审其量，足以镇定朝野。

王子猷子敬曾俱坐一室，上忽发火。子猷遽走避，不遑取屐；子敬神色恬然，徐唤左右扶凭而出，不异平常。世以此定二王神宇。

这些都是冷静态度的最好实例。这种"雅量"所以难能可贵，因为它是整个人格的表现，需要深厚的修养。有这种雅量的人才能担当大事，因为他豁达、清醒、沉着，不易受困难摇动，在危急中仍可想出办法。

冷静并不如庄子所说的"形如槁木，心如死灰"，但是像他所说的游鱼从容自乐。禅家最好做冷静的功夫，他们的胜境却不在坐禅而在禅机。这"机"字最妙。宇宙间许多至理妙谛，寄寓于极平常微细的事物中，往往被粗心浮气的人们忽略过，陈同甫所以有"恨芳菲世界，游人未赏，都付与莺和燕"的嗟叹。冷静的人才能静观，才能发见"万物皆自得"。孔子引《诗经》"鸢飞戾天，鱼跃于渊"二句而加以评释说："言其上下察也。"这"察"字下得极好，能"察"便能处处发见生机，吸收生机，觉得人生有无穷乐趣。世间人的毛病只是习焉不察，所以生活枯燥，日流于卑鄙污浊。“察”就是“静观”，美学家所说的“观照”，它的唯一条件是冷静超脱。哲学家和科学家所做的功夫在这“察”字上，诗人和艺术家所做的功夫也还在这“察”字上。尼采所说的日神阿波罗也是时常在“察”。人在冷静时静观默察，处处触机生悟，便是“地行仙”。有这种修养的人才有极丰富的生机和极厚实的力量！

辑四

生命本该如此

人生最要紧的事是『明』，是『觉』，是佛家所说的『大圆镜智』。

生命

说起来已是二十年前事了。如今我还记得清楚，因为那是我生平中一个最深刻的印象。有一年夏天，我到苏格兰西北海滨一个叫作爱约夏的地方去游历，想趁便去拜访农民诗人彭斯的草庐。那一带地方风景仿佛日本内海而更曲折多变化。海湾伸入群山间成为无数绿水映着青山的湖。湖和山都老是那样恬静幽闲而且带着荒凉景象，几里路中不容易碰见一个村落，处处都是山，谷，树林和草坪。走到一个湖滨，我突然看见人山人海，男的女的，老的少的，穿深蓝大红衣服的，褴褛蹒跚的，蠕蠕蠢动，闹得喧天震地：原来那是一个有名的浴场。那是星期天，人们在城市里做了六天的牛马，来此过一天快活日子。他们在炫耀他们的服装，他们的嗜好，他们的皮肉，他们的欢爱，他们的文雅与村俗。像湖水的波涛汹涌一样，他们都投在生命的狂澜里，尽情享一日的欢乐。就在这么一个场合中，一位看来像是皮鞋匠的牧师在附近草坪中竖起一个讲台向寻乐的人们布道。他也吸引了一大群人。他喧嚷，群众喧嚷，湖水也喧嚷，他的话无从听清楚，只有“天国”“上帝”“忏悔”“罪孽”几个较熟的字眼偶尔可以分辨出来。那群众常是流动的，时而由湖水里爬上来看牧师，时而由牧师那里走下湖水。游泳的游泳，听道的听道，总之，都在凑热闹。

对着这场热闹，我伫立凝神一返省，心里突然起了一阵空虚寂寞的感觉，我思量到生命的问题。摆在我们面前的显然就是生命。我首先感到的是这生命太不调和。那么幽静的湖山当中有那么一大群嘈杂的人在嬉笑取乐，有如佛堂中的蚂蚁抢搬虫尸，已嫌不称；又加上两位牧师对着那些喝酒，抽烟，穿着游泳衣裸着胳膊大腿卖眼色的男男女女讲“天国”和“忏悔”，这岂不是对于生命的一个强烈的讽刺？约翰授洗者在沙漠中高呼救世主来临的消息，他的声音算是投在虚空中了。那位苏格兰牧师有什么可比约翰的？他以布道为职业，于道未必有所知见，不过剽窃一些空洞的教门中语扔到头脑空洞的人们的耳里，岂不是空虚而又空虚？推而广之，这世间一切，何尝不都是如此？比如那些游泳的人们在尽情欢乐，虽是热烈，却也很盲目，大家不过是机械地受生命的动物的要求在鼓动驱遣，太阳下去了，各自回家，沙滩又恢复它的本来的清寂，有如歌残筵散。当时我感觉空虚寂寞者在此。

但是像那一大群人一样，我也欣喜赶了一场热闹，那一天算是没有虚度，于今回想，仍觉那回事很有趣。生命像在那沙滩所表现的，有图画家所谓阴阳向背，你跳进去扮演一个角色也好，站在旁边闲望也好，应该都可以叫你兴高采烈。在那一顷刻，生命在那些人们中动荡，他们领受了生命而心满意足了，谁有权去鄙视他们，甚至于怜悯他们？厌世疾俗者一半都是妄自尊大，我惭愧我有时未能免俗。

孔子看流水，发过一个最深永的感叹，他说："逝者如斯夫，不舍昼夜！"生命本来就是流动，单就"逝"的一方面来看，不免令人想到毁灭与空虚；但是这并不是有去无来，而是去的若不去，来的就不能来；生生不息，才能念念常新。莎士比亚说生命"像一个白痴说的故事，满是声响和愤激，毫无意义"，虽是慨乎言之，却不是一句见道之语。生命是一个说故事的人，虽老是抱着那么陈腐的"母题"转，而每一顷刻中的故事却是新鲜的，自有意义的。这一顷刻中有了新鲜有意义的故事，这一顷刻中我们心满意足了，这一顷刻的生命便不能算是空虚。生命原是一顷刻接着一顷刻地实现，好在它"不舍昼夜"。算起总账来，层层实数相加，决不会等于零。人们不抓住每一顷刻在实现中的人生，而去追究过去的原因与未来的究竟，那就犹如在相加各项数目的总和之外求这笔加法的得数。追究最初因与最后果，都要走到"无穷追溯"（reductio ad infintum）。这道理哲学家们本应知道，而爱追究最初因与最后果的偏偏是些哲学家们。这不只是不谦虚，而且是不通达。一件事物实现了，它的形相在那里，它的原因和目的也就在那里。种中有果，果中也有种，离开一棵植物无所谓种与果，离开种与果也无所谓一棵植物（像我的朋友废名先生在他的《阿赖耶识论》里所说明的）。比如说一幅画，有什么原因和目的！它现出一个新鲜完美的形象，这岂不就是它的生命，它的原因，它的目的?

且再拿这幅画来比譬生命。我们过去生活正如画一幅画，当前我们所要经心的不是这幅画画成之后会有怎样一个命运，归于永恒或是归于毁灭，而是如何把它画成一幅画，有画所应有的形象与生命。不求诸抓得住的现在而求诸渺茫不可知的未来，这正如佛经所说的身怀珠玉而向他人行乞。但是事实上许多人都在未来的永恒或毁灭上打计算。波斯大帝带着百万大军西征希腊，过海勒斯朋海峡时，他站在将台看他的大军由船桥上源源不绝地渡过海峡，他忽然流涕向他的叔父说："我想到人生的短促，看这样多的大军，百年之后，没有一个人还能活着，心里突然起了阵哀悯。"他的叔父回答说："但是人生中还有更可哀的事咧，我们在世的时间虽短促，世间没有一个人，无论在这大军之内或在这大军之外，能够那样幸运，在一生中不有好几次不愿生而宁愿死。"这两人的话都各有至理，至少是能反映大多数人对于生命的观感。嫌人生短促，于是设种种方法求永恒。秦皇汉武信方士，求神仙，以及后世道家炼丹养气，都是妄想所谓"长生"。"服食求神仙，多为药所误，不如饮美酒，被服纨与素"，这本是诗人愤疾之言，但是反话大可作正话看；也许作正话看，还有更深的意蕴。说来也奇怪，许多英雄豪杰在生命的流连上都未能免俗，我因此想到曹孟德的遗嘱：

吾死之后，葬于邺之西冈上，妾与妓人皆着铜雀台，台上施六尺床，下穗帐。朝晡上酒脯粻糒之属，每月朔十五，辄向帐前作伎，汝等时登台望吾西陵墓田。

他计算得真周到，可怜虫！谢朓说得好：

穗帷飘井干，樽酒若平生。
郁郁西陵树，讵闻歌吹声！

孔子毕竟是达人，他听说桓司马自为石郭，三年而不成，便说“死不如速朽之为愈也”。谈到朽与不朽问题，这话也很难说。我们固无庸计较朽与不朽，朽之中却有不朽者在。曹孟德朽了，陵雀台妓也朽了，但是他的那篇遗嘱，何逊谢朓李贺诸人的铜雀台诗，甚至于铜雀台一片瓦，于今还叫讽咏摩挲的人们欣喜赞叹。“前水复后水，古今相续流”，历史原是纳过去于现在，过去的并不完全过去。其实若就种中有果来说，未来的也并不完全未来。这现在一顷刻实在伟大到不可思议，刹那中自有终古，微尘中自有大千，而汝心中亦自有天国。这是不朽的第一义谛。

相反两极端常相交相合。人渴望长生不朽，也渴望无生速朽。

我们回到波斯大帝的叔父的话："世间没有一个人在一生中不有好几次不愿生宁愿死。"痛苦到极点想死，一切自杀者可以为证；快乐到极点也还是想死，我自己就有一两次这样经验，一次是在二十余年前一个中秋前后，我乘船到上海，夜里经过焦山，那时候大月亮正照着山上的庙和树，江里的细浪像金线在轻轻地翻滚，我一个人在甲板上走，船上原是载满了人，我不觉得有一个人，我心里那时候也有那万里无云，水月澄莹的景象，于是非常喜悦，于是突然起了脱离这个世界的愿望。另外一次也是在秋天，时间是傍晚，我在北海里的白塔顶上望北平城里底楼台烟树，望到西郊的远山，望到将要下去的红烈烈的太阳，想起李白的"西风残照，汉家陵阙"那两个名句，觉得目前的境界真是苍凉而雄伟，当时我也感觉到我不应该再留在这个世界里。我自信我的精神正常，但是这两次想死的意念真来得突兀。诗人济慈在《夜莺歌》里于欣赏一个极幽美的夜景之后，也表示过同样的愿望，他说：

> Now more than ever seems it rich to die.
>
> 现在死像比任何时都较丰富。

他要趁生命最丰富的时候死，过了那良辰美景，死在一个平凡枯燥的场合里，那就死得不值得。甚至于死本身，像鸟歌和花香一样，也可成为生命中一种奢侈的享受。我两次想念到死，下意识中是否也有这种奢侈欲，我不敢断定。但是如今冷静地分析想死的心理，我敢说它和想长生的道理还是一样，都是对于生命的执着。想长生是爱着生命不肯放手，想死是怕放手轻易地让生命溜走，要死得痛快才算活得痛快，死还是为着活，为着活的时候心里一点快慰。好比贪吃的人想趁吃大鱼大肉的时候死，怕的是将来吃不到那样好的，根本还是由于他贪吃，否则将来吃不到那样好的，对于他毫不感威胁。

生命的执着属于佛家所谓“我执”，人生一切灾祸罪孽都由此起。佛家针对着人类的这个普遍的病根，倡无生，破我执，可算对症下药。但是佛家也并不曾主张灭生灭我，不曾叫人类作集体的自杀，而只叫人明白一般人所希求的和所知见的都是空幻。还不仅此，佛家在积极方面还要慈悲救世，对于生命是取护持的态度。舍身饲虎的故事显示我们为着救济他生命，须不惜牺牲已生命。我心里对此尝存一个疑惑：既证明生命空幻而还要这样护持生命是为什么呢？目前我对于佛家的了解还不够使我找出一个圆满的解答。不过我对于这生命问题倒有一个看法，这看法大体源于庄子。（我不敢说它是否合于佛家的意思）庄子尝提到生死问题，在《大宗师》篇说得尤其透辟。在这篇里他着重一个“化”字，我觉得这“化”字非常之妙。中国人称造物为“造化”，万物为“万化”。生命原就是化，就是流动与变易。整个宇宙在化，物在化，我也在化。只是化，并非毁灭。草木虫鱼在化，它们并不因此而有所忧喜，而全体宇宙也不因此而有所损益。何以我独于我的化看成世间一件大了不起的事呢？我特别看待我的化，这便是“我执”。庄子对此有一段妙喻：

今大冶铸金，金踊跃曰，“我且必为莫邪”，大冶必以为不祥之金。今一犯人之形，而曰，“人耳，人耳”，夫造化者必以为不祥之人。今一以天地为大炉，以造化为大冶，恶乎往而不可哉？成然寐，蘧然觉。

在这个比喻里，庄子破了“我执”，也解决了生死问题。人在造化手里，听他铸，听他“化”而已，强立物我分别，是为不祥。庄子所谓寐觉，是比喻生死。睡一觉醒过来，本不算一回事，生死何尝不如此？寐与觉为化，生与死也还是化。庄周梦为蝴蝶，则“栩栩然蝴蝶也”；“俄然觉，则蘧蘧然周也”；生而为人，死而化为鼠肝虫背，都只有听之而已。在生时这个我在大化流行中有他的妙用，死后我的化形也还是如此，庄子说：

浸假而化予之左臂以为鸡，予因以求时夜；浸假而化予之右臂以为弹，予因以求鸮炙……

物质毕竟是不灭的，漫说精神。试想宇宙中有几许因素来化成我，我死后在宇宙中又化成几许事物，经过几许变化，发生几许影响，这是何等伟大而悠久，丰富而曲折的一个游历，一个冒险？这真是所谓“逍遥游”！

这种人生态度就是儒家所谓“赞天地之化育”，郭象所谓“随变任化”（见《大宗师》篇“相忘以生”句注），翻成近代语就是“顺从自然”。我不愿辩护这种态度是否为颓废的或消极的，懂得的人自会懂得，无庸以口舌争。近代人说要“征服自然”，道理也很正大。但是怎样征服？还不是要顺从自然的本性？严格地说，世间没有一件不自然的事，也没一件事能不自然。因为这个道理，全体宇宙才是一个整一融贯的有机体，大化运行才是一部和谐的交响曲，而 cosmos 不是 chaos。人的最聪明的办法是与自然合拍，如草木在和风丽日中开着花叶，在严霜中枯谢，如流水行云自在运行无碍，如“鱼相与忘于江湖”。人的厄运在当着自然的大交响曲“唱翻腔”，来破坏它的和谐。执我执法，贪生想死，都是“唱翻腔”。

孔子说过：“朝闻道，夕死可矣。”人难能的是这“闻道”。我们谁不自信聪明，自以为比旁人高一着？但是谁的眼睛能跳开他那“小我”的圈子而四方八面地看一看？谁的脑筋不堆着习俗所扔下来的一些垃圾？每个人都有一个密不通风的“障”包围着他。我们的“根本感”像佛家所说的，是“无明”。我们在这世界里大半是“盲人骑瞎马”，横冲直撞，怎能不闯祸事！所以说来说去，人生最要紧的事是“明”，是“觉”，是佛家所说的“大圆镜智”。

法国人说："了解一切，就是宽恕一切"；我们可以补上一句："了解一切，就是解决一切。"生命对于我们还有问题，就因为我们对它还没有了解。既没有了解生命，我们凭什么对付生命呢？于是我想到这世间纷纷扰攘的人们。

谈理想的青年

——回答一位青年朋友的询问

朋友：

你问我一个青年应该悬什么样一个标准，做努力进修的根据。我觉得这问题很难笼统地回答，因为人与人在环境、资禀、兴趣各方面都不相同，我们不能定一个刻板公式来适用于每个事例。不过无论一个人将来干哪一种事业，我以为他都需要四个条件。

头一项是运动选手的体格。我把这一项摆在第一，因为它是其他各种条件的基础。我们民族对于体格向来不很注意。无论男女，大家都爱亭亭玉立、弱不禁风那样的文雅。尤其在知识阶级，黄皮刮瘦，弯腰驼背，几乎是一种共同的标帜。说一个人是“赳赳武夫”，就等于骂了他。我们都以“精神文明”自豪，只要“精神”高贵，肉体值得什么？这种错误的观念流毒了许多年代，到现在我们还在受果报。我们在许多方面都不如人，原因并不在我们的智力低劣。就智力说，我们比得上世界上任何民族。我们所以不如人者，全在旁人到六七十岁还能奋发有为，而我们到了四十岁左右就逐渐衰朽；旁人可以有时间让他们的学问事业成熟，而我们往往被逼迫中途而废；旁人能作最后五分钟的奋斗，我们处处显得是虎头蛇尾。一个身体羸弱的人不能是一个快活的人，你害点小病就知道；也不能是一个心地慈祥的人，你偶尔头痛牙痛或是大便不通，旁人的言动笑貌分外显得讨厌。如果你相信身体羸弱不妨碍你做一个有道德的人，援甘地为例，那我就要问你：世间数得出几个甘地？而且甘地是否真像你们想象的那样羸弱？一切道德行为都由意志力出发。意志的“力”固然起于知识与信仰，似乎也有几分像水力电力蒸汽力，还是物质的动作发生出来的。这就是说，它和体力不是完全无关。世间意志力最薄弱的人怕要算鸦片烟鬼，你看过几个烟鬼身体壮健？你看过几个烟鬼不时常在打坏主意？意志力薄弱的人都懒，懒是万恶之源。就积极方面说，懒人没有勇气，应该奋斗时不能奋斗，遇事苟且敷衍，做不出好事来。就消极方面说，懒人一味朝抵抗力最低的路径走，经不起恶势力的引诱，惯欢喜做坏事。懒大半由于体质弱，燃料不够，所以马达不能开满。“健全精神宿于健全身体。”身体不健全而希望精神健全，那是希望奇迹。

其次是科学家的头脑。生活时时刻刻要应付环境，环境有应付的必要，就显得它有困难有问题。所以过生活就是解决环境困难所给的问题，做学问如此，做事业如此，立身处世也还是如此。

一切问题的解决方法都须遵照一个原则，在紊乱的事实中找出一些条理秩序来，这些条理秩序就是产生答案的线索，好比侦探一个案件，你第一步必须搜集有关的事实，没有事实做根据，你无从破案；有事实而你不知怎样分析比较，你还是不一定能破案。会尊重事实，会搜集事实，会见出事实中间的关系，这就是科学家的本领。要得到这本领，你必须冷静、客观、虚心、谨慎，不动意气，不持成见，不因个人利害打算而歪曲真理。合理的世界才是完美的世界，世界所以有许多不合理的地方，就因为大部分人没有科学的头脑，见理不透。比如说，社会上许多贪污枉法的事，做这种事的人都有一个自私的动机，以为损害了社会，自己可以占便宜。其实社会弄得不稳定了，个人决不能享安乐。所以这种自私的人还是见理不透，没有把算盘打清楚。要社会一切合理化，要人生合理化，必须人人都明理，都能以科学的头脑去应付人生的困难。单就个人来说，一个头脑糊涂的人能在学问或事业上有伟大的成就，我是没有遇见过。

第三是宗教家的热忱。“过于聪明”的人（当然实在还是聪明不够）有时看空了一切，以为是非善恶悲喜成败反正都不过是那么一回事，让它去，干我什么？他们说：“安邦治国平天下，自有周公孔圣人。”人人都希望旁人做周公孔圣人，于是安邦治国平天下就永远是一场幻梦。宗教家大半盛于社会紊乱的时代，他们看到人类罪孽痛苦，心中起极大的悲悯，于是发下志愿，要把人类从水深火热中拯救出来，虽然牺牲了自己，也在所不惜。孔子说：“鸟兽不可与同群，吾非斯人之徒与而谁与？天下有道，丘不与易也。”释迦说：“我不入地狱，谁入地狱？”这都是宗教家的伟大抱负。他们不但发愿，而且肯拼命去做。耶稣的生平是极好的例证，他为着要宣传他的福音，不惜抛开身家妻子，和犹太旧教搏斗，和罗马帝国搏斗，和人世所难堪的许多艰难困苦搏斗，而终之以一死，终于以一个平民的力量推翻了天下。古往今来，许多成大事业者虽不必都是宗教家，却大半有宗教家的热忱。他们见得一件事应该做，就去做，就去做到底，以坚忍卓绝的精神战胜一切困难，百折不回。我们现在所处的是一个紊乱时代，积重难返，一般人都持鱼游釜中或是鸵鸟把眼睛埋在沙里不去看猎户的态度，苟求一日之安，这时候非有一种极大的力量不能把这局面翻转过来。没有人肯出这种力量，或是能出这力量，除非他有宗教家的慈悲心肠和宗教家的舍己为人奋斗到底的决心毅力。

最后是艺术家的胸襟。自然节奏有起有伏，有张有弛，伏与弛不单是为休息，也不单是为破除单调，而是为精力的生养储蓄。科学易流于冷酷干枯，宗教易流于过分刻苦，它们都需要艺术的调剂。艺术是欣赏，在人生世相中抓住新鲜有趣的一面而流连玩索；艺术也是创造，根据而又超出现实世界，刻绘许多可能的意象世界出来，以供流连玩索。有艺术家的胸襟，才能彻底认识人生的价值，有丰富的精神生活，随处可以吸收深厚的生命力。我们一般人常困于饮食男女功名利禄的营求，心地常是昏浊，不能清明澈照；一个欲望满足了，另一个欲望又来，常是在不满足的状态中，常被不满足驱遣作无尽期的奴隶。名为一个人，实在是一个被动的机械，处处受环境支配，作不得自家的主宰。在被驱遣流转中，我们常是仓皇忙迫，尝无片刻闲暇，来凭高看一看世界，或是回头看一看自己；不消说得，世界对于我们是呆板的，自己对于我们也是空虚的。试问这种人活着有什么意味？能成就什么学问事业？所谓艺术家的胸襟就是在有限世界中做自由人的本领；有了这副本领，我们才能在急忙流转中偶尔驻足作一番静观默索，作一番反省回味，朝外可以看出世相的庄严，朝内可以看出人心的伟大。并且不仅看，我们还能创造出许多庄严的世相、伟大的人心。在创造时，我们俨然是上帝，所以创造的快慰是人生最大的快慰。创造的动机是要求完美，迫令事实赶上理想；我们要把现实人生、现实世界改造得比较完美，也还是起于艺术的动机。

如果一个人具备这四大条件，他就不愧为完人了。我并不认为他是超人，因为体育选手、科学家、宗教家、艺术家都不是神话中的人物，而是世间有血有肉的真实人物。以往有许多人争取过这些名号的。人家既然可以做得到，我就没有理由做不到。我们不能妄自菲薄，自暴自弃。

谈青年与恋爱结婚

在动物阶层，性爱不成问题，因为一切顺着自然倾向，不失时，不反常，所以也就合理。在原始人类社会，性爱不成为严重的问题，因为大体上还是顺自然倾向的，纵有社会裁制，习惯成了自然，大家也就相安无事。在近代开化的社会，性爱的问题变得很严重，因为自然倾向与社会裁制发生激烈的冲突，失时和反常的现象常发生，伦理的、宗教的、法律的、经济的、社会的关系愈复杂，纠纷愈多而解决愈困难。这困难成年人感觉到很迫切，青年人感觉到尤其迫切。性爱在青年期有一个极大的矛盾：一方面性欲在青年期由潜伏而旺盛，力量特别强烈；一方面种种理由使青年人不适宜于性生活的活动。

先说青年人不适宜于性爱的理由：

一、恋爱的正常归宿是结婚，结婚的正常归宿是生儿养女，成立家庭。青年除学习期，在事业上尚无成就，在经济上未能独立，负不起成立家庭教养子女的责任。恋爱固然可以不结婚，但是性的冲动培养到最紧张的程度而没有正常的发泄，那是违反自然的。从医学和心理学观点看，对于身心都有很大的妨害。结婚固然也可以节制生育，但是寻常婚后生活中，子女的爱是夫妻中间一个重要的联系，培养起另一代人原是结婚男女的共同目标与共同兴趣，把这共同目标与共同兴趣用不自然的方法割去了，结婚男女的生活就很干枯，他们的情感也就逐渐冷淡。这对于种族和个人都没有裨益，失去了恋爱与婚姻的本来作用。

二、青年身体发展尚未完全成熟，早婚妨碍健康，尽人皆知；如果生儿养女，下一代人也必定比较羸弱，可以影响到民族的体力，我国以往在这方面吃的亏委实不小。还不仅此，据一般心理学家的观察，性格的成熟常晚于体格的成熟，青年在体格方面尽管已成年，在心理方面往往还很幼稚，男子尤其是如此。在二十余岁的光景，他们心中装满着稚气的幻想，没有多方的人生经验，认不清现实，情感游离浮动，理智和意志都很薄弱，性格极易变动，尤其是缺乏审慎周详的抉择力与判断力，今天做的事明天就会懊悔。假如他们钟情一个女子，马上就会陷入沉醉迷狂状态，把爱的实现看得比世间任何事都较重要；达不到目的，世界就显得黑暗，人生就显得无味，觉得非自杀不可；达到目的，结婚就成了“恋爱的坟墓”，从前的仙子就是现在的手镣脚铐。到了这步田地，他们不是牺牲自己的幸福，就是牺牲别人的幸福。许多有为青年的前途就这样毁去了，让体格性格都不成熟的青年人去试人生极大的冒险，那简直是一个极大的罪孽。

三、人生可分几个时期，每时期有每时期的正当使命与正当工作。青年期的正当使命是准备做人，正当工作是学习。在准备做人时，在学习时，无论是恋爱或结婚都是一种妨害。人生精力有限，在恋爱和结婚上面消耗了一些，余剩可用于学习的就不够。在大学期间结婚的学生成绩必不会顶好，在中学期间结婚的学生的前途决不会有很大的希望。自己还带乳臭，就腼颜准备做父母，还满口在谈幸福，社会上有这现象，就显得它有些病态。恋爱用不着反对，结婚更用不着反对，只是不能“用违其时”。禽兽性生活的优点就在不失时，一生中有一个正当的时期，一年中有一个正当的季节。在人类，正当的时期是壮年，老年人过时，青年人不及时，青年人恋爱结婚，与老年人恋爱结婚，是同样的反常可笑。

假如我们根据这几条理由，就绝对反对青年讲恋爱，是否可能呢？我自己也是过来人，略知此中甘苦，凭自己的经验和对旁人的观察，我可以大胆地说：在三十岁以前，一个人假如不受爱情的搅扰，对男女间事不发生很大的兴趣，专心致志地去做他的学问，那是再好没有的事，他可以多得些成就，少得些苦恼。我还可以说，像这样天真烂漫地过去青春的人，世间也并非绝对没有；而且如果我们认定三十岁左右为正当的结婚年龄，从生物学观点看，这种人也不能算是不自然或不近人情。不过我们也须得承认，在近代社会中，这种浑厚的青年人确实很少；少的原因是在近代生活对于性爱有许多不健康的暗示与刺激，以及教育方面的欠缺。家庭和学校对男女间事绝对不准谈，仿佛这中间事极神秘或是极不体面，有不可告人处。只这印象对儿童们影响就很坏。他们好奇心特别强，你愈想瞒，他们就愈想知道。他们或是从大人方面窥出一些偷偷摸摸的事，或是从一块儿游戏的顽童听到一些淫秽的话。不久他们的性的冲动逐渐发达了，这些不良的种子就在他们心中发芽生枝，好奇心以外又加上模仿本能的活动。他们开始看容易刺激性欲的小说或电影，注意窥探性生活的秘密，甚至想自己也跳到那热闹舞台上去表演。他们年纪轻，正当的对象自无法可得，于是演出种种“性的反常”现象，如同性爱、自性爱、手淫之类。如果他们生在都市里，年纪比较大一点，说不定还和不正当的女人来往。如果他们进了大学，读过一些讴歌恋爱的诗文，看过一些甜情蜜意的榜样，就会觉得恋爱是大学生活中应有的一幕，自己少不得也要凑趣应景，否则即是一个缺陷，一宗耻辱。我们可以说，现在一般青年从幼稚园到大学，沿途所受的性生活的影响都是不健康的，无怪他们向不健康的路径走。

自命为“有心人”的看到这种景象，或是嗟叹世风不古，或是诅咒近代教育，想拿古老的教条来钳制近代青年的活动。世风不古是事实，无用嗟叹，在任何时代，世风都不会“古”的。世界既已演变到现在这个阶段，要想回到男女授受不亲那种状态，未免是痴人说梦。我个人的主张是要把科学知识尽量地应用到性爱问题上面来，使一般人一方面明白它在生物学、生理学和心理学上的意义，一方面也认清它所连带的社会、政治、经济各方面的责任。这问题，像一切其他人生问题一样，可以用冷静的头脑去思索，不必把它摆在一种带有宗教性的神秘氛围里。神秘本身就是一种诱惑，暗中摸索都难免跌跤。

就大体说，我赞成用很自然的方法引导青年撇开恋爱和结婚的路。所谓自然的方法有两种。第一是精力有所发挥，精神有所委托。一个人心无二用，却也不能没有所用。青年人精力最弥满，要他闲着无所用，就难免泛滥横流。假如他在工作里发生兴趣，在文艺里发生兴趣，甚至在游戏运动里发生兴趣，这就可以垄断他的心神，不叫它旁迁他涉。我知道很多青年因为心有所用，很自然地没有走上恋爱的路。第二是改善社交生活，使同情心得到滋养。青年人最需要的是同情，最怕的是寂寞，愈寂寞就愈感觉异性需要的迫切。一般青年追求异性，与其说是迫于性的冲动，勿宁说是迫于同情的需要。要满足这需要，社交生活丰富也就够了。一个青年如果有亲热的家庭生活，加上温暖的团体生活，不感觉到孤寂，他虽然还有“遇”恋爱的可能，却无“谋”恋爱的必要。

这番话并非反对男女青年的正常交际，反之，我认为男女社交公开是改善社交生活的一端。愈隔绝，神秘观念愈深，把男女关系看成神秘，从任何观点看，都是要不得的。我虽然赞成叔本华的

“男女的爱都是性爱”的看法，却不敢同意王尔德的“男女间只有爱情而无友谊”的看法。因为友谊有深有浅，友谊没有深到变为爱情的程度是常见的。据我个人的观察，青年施受同情的需要虽很强烈，而把同情专注在某一个对象上并不是一个很自然的现象。无论在同性中或异性中，一个人很可能地同时有几个好友。交谊愈广泛，发生恋爱的可能性也就愈少。一个青年最危险的遭遇莫过于向来没有和一个女子有较深的接触，一碰见第一个女子就爱上了她。许多在男女社交方面没有经验的青年却往往是如此，而许多悲剧也就如此酿成。

在男女社交公开中，“遇”恋爱自然很可能，但是危险性比较小，双方对于异性都有较清楚的认识。既然“遇”上了恋爱，一个人最好认清这是一件极自然极平凡而亦极严重的事。他不应视为儿戏，却也不应沉醉在诗人的幻想里，他应该用最写实的态度去应付它。如果“恋爱至上”，他也要从生物学观点把它看成“至上”，与爱神无关，与超验哲学更无关。他就要准备作正常的归宿——结婚，生儿养女，和担负家庭的责任。

柏拉图到晚年计划第二“理想国”，写成一本书叫作《法律》，里面有一段话颇有意思，现在译来作本文的结束：

> 我们的公民不应比鸟类和许多其他动物都不如，它们一生育就是一大群，不到生殖的年龄却不结婚，维持着贞洁。

但是到了适当的时候，雌雄就配合起来，相欢相爱，终身过着圣洁和天真的生活，牢守着它们的原来的合同：——真的，我们应该向他们（公民们）说，你们须比禽兽高明些。

谈多元宇宙

朋友：

你看到“多元宇宙”这个名词，也许联想到詹姆斯的哲学名著。但是你不用骇怕我谈玄，你知道我是一个不懂哲学而且厌听哲学的人。今天也只是吃家常便饭似的，随便谈谈，与詹姆斯毫无关系。

年假中朋友们来闲谈，“言不及义”的时候，动辄牵涉到恋爱问题。各人见解不同，而我所援以辩护恋爱的便是我所谓“多元宇宙”。

什么叫作“多元宇宙”呢？

人生是多方面的，每方面如果发展到极点，都自有其特殊宇宙和特殊价值标准。我们不能以甲宇宙中的标准，测量乙宇宙中的价值。如果勉强以甲宇宙中的标准，测量乙宇宙中的价值，则乙宇宙便失其独立性，而只在乙宇宙中可尽量发展的那一部分性格便不免退处于无形。

各人资禀经验不同，而所见到的宇宙，其种类多寡，量积大小，也不一致。一般人所以为最切己而最推重的是“道德的宇宙”。“道德的宇宙”是与社会俱生的。如果世间只有我，“道德的宇宙”便不能成立。比方没有父母，便无孝慈可言，没有亲友，便无信义可言。人与人相接触以后，然后道德的需要便因之而起。人是社会的动物，而同时又秉有反社会的天性。想调剂社会的需要与利己的欲望，人与人之间的关系不能不有法律道德为之维护。因有法律存在，我不能以利己欲望妨害他人，他人也不能以利己欲望妨害我，于是彼此乃宴然相安。因有道德存在，我尽心竭力以使他人享受幸福，他人也尽心竭力以使我享受幸福，于是彼此乃欢然同乐，社会中种种成文的礼法和默认的信条都是根据这个基本原理。服从这种礼法和信条便是善，破坏这种礼法和信条便是恶。善恶便是“道德的宇宙”中的价值标准。

我们既为社会中人，享受社会所赋予的权利，便不能不对于社会负有相当义务，不能不趋善避恶，以求达到“道德的宇宙”的价值标准的最高点。在“道德的宇宙”中，如果能登峰造极，也自能实现伟大的自我，孔子、苏格拉底和耶稣诸人的风范所以照耀千古。

但是“道德的宇宙”决不是人生唯一的宇宙，而善恶也决不能算是一切价值的标准，这是我们中国人往往忽略的道理。

比方在“科学的宇宙”中，善恶便不是合适的价值标准。“科学的宇宙”中的适当价值标准只是真伪。科学家只问：我的定律是否合于事实？这个结论是否没有讹错，他们决问不到：“物体向地心下坠”合乎道德吗？“勾方加股方等于弦方”有些不仁不义罢？固然“科学的宇宙”也有时和“道德的宇宙”相抵触，但是科学家只当心真理而不顾社会信条。伽利略宣传哥白尼地动说，达尔文主张生物是进化而不是神造的，就教会眼光看，他们都是不道德的，因为他们直接地辩驳圣经，间接地摇动宗教和它的道德信条。可是伽利略和达尔文是“科学的宇宙”中的人物，从“道德的宇宙”所发出来的命令，他们则不敢奉命唯谨。科学家的这种独立自由的态度到现代更渐趋明显。比方伦理学从前是指导行为的规范科学，而近来却都逐渐向纯粹科学的路上走，它们的问题也逐渐由“应该或不应该如此”变为“实在是如此或不如此”了。

其次，“美术的宇宙”也是自由独立的。美术的价值标准既不是是非，也不是善恶，只是美丑。从希腊以来，学者对于美术有三种不同的见解。一派以为美术含有道德的教训，可以陶冶性情。一派以为美术的最大功用只在供人享乐。第三派则折衷两说，以为美术既是教人道德的，又是供人享乐的。好比药丸加上糖衣，吃下去又甜又受用。这三种学说在近代都已被人推翻了。现代美术家只是“为美术而言美术”（art for art’s sake）。意大利美学泰斗克罗齐并且说美和善是绝对不能混为一谈的。因为道德行为都是起于意志，而美术品只是直觉得来的意象，无关意志，所以无关道德。

这并非说美术是不道德的，美术既非“道德的”，也非“不道德的”，它只是“超道德的”。说一个幻想是道德的，或者说一幅画是不道德的，是无异于说一个方形是道德的，或者说一个三角形是不道德的，同为毫无意义。美术家最大的使命求创造一种意境，而意境必须超脱现实。我们可以说，在美术方面，不能“脱实”便是不能“脱俗”。因此，从“道德的宇宙”中的标准看，曹操、阮大铖、李波·李披（Fra Lippo Lippi）和拜伦一般人都不是圣贤，而从“美术的宇宙”中的标准看，这些人都不失其为大诗家或大画家。

再其次，我以为恋爱也是自成一个宇宙；在“恋爱的宇宙”里，我们只能问某人之爱某人是否真纯，不能问某人之爱某人是否应该。其实就是只“应该不应该”的问题，恋爱也是不能打消的。从生物学观点看，生殖对于种族为重大的利益，而对于个体则为重大的牺牲。带有重大的牺牲，不能不兼有重大的引诱，所以性欲本能在诸本能中最为强烈。我们可以说，人应该生存，应该绵延种族，所以应该恋爱。但是这番话仍然是站在“道德的宇宙”中说的，在“恋爱的宇宙”中，恋爱不是这样机械的东西，它是至上的，神圣的，含有无穷奥秘的。在恋爱的状态中，两人脉搏的一起一落，两人心灵一往一复，都恰能忻合无间。在这种境界，如果身家、财产、学业、名誉、道德等等观念渗入一分，则恋爱真纯的程度便须减少一分。真能恋爱的人只是为恋爱而恋爱，恋爱以外，不复另有宇宙。

“恋爱的宇宙”和“道德的宇宙”虽不必定要不能相容，而在实际上往往互相冲突。恋爱和道德相冲突时，我们既不能两全，应该牺牲恋爱呢，还是牺牲道德呢？道德家说，道德至上，应牺牲恋爱。爱伦·凯一般人说，恋爱至上，应牺牲道德。就我看，这所谓“道德至上”与“恋爱至上”都未免笼统。我们应该加上形容句子说，在“道德的宇宙”中道德至上，在“恋爱的宇宙”中恋爱至上。所以遇着恋爱和道德相冲突时，社会本其“道德的宇宙”的标准，对于恋爱者大肆其攻击诋毁，是分所应有的事，因为不如此则社会赖以维持的道德难免隳丧；而恋爱者整个的酣醉于“恋爱的宇宙”里，毅然不顾一切，也是分所应有的事，因为不如此则恋爱不真纯。

“恋爱的宇宙”中，往往也可以表现出最伟大的人格。我时常想，能够恨人极点的人和能够爱人极点的人都不是庸人。日本民族是一个有生气的民族，因他们中间有人能够以嫌怨杀人，有人能够为恋爱自杀。我们中国人随在都讲“中庸”，恋爱也只能达到温汤热。所以为恋爱而受社会攻击的人，立刻就登报自辩。这不能不算是根性浅薄的表征。

朋友，我每次写信给你都写到第六张信笺为止。今天已写完第六张信笺了，可是如果就在此搁笔，恐怕不免叫人误解，让我在收尾时郑重声明一句罢。恋爱是至上的，是神圣的，所以也是最难遭遇的。“道德的宇宙”里真正的圣贤少，“科学的宇宙”里绝对真理不易得，“美术的宇宙”里完美的作家寥寥，“恋爱的宇宙”里真正的恋爱人更是凤毛麟角。恋爱是人格的交感共鸣，所以恋爱真纯的程度以人格高下为准。一般人误解恋爱，动于一时飘忽的性欲冲动而发生婚姻关系，境过则情迁，色衰则爱弛，这虽是冒名恋爱，实则只是纵欲。我为真正恋爱辩护，我却不愿为纵欲辩护，我愿青年应该懂得恋爱神圣，我却不愿青年在血气未定的时候，去盲目地假恋爱之名寻求泄欲。

意长纸短，你大概已经懂得我的主张了罢？

你的朋友　光潜

谈交友

人生的快乐有一大半要建筑在人与人的关系上面。只要人与人的关系调处得好，生活没有不快乐的。许多人感觉生活苦恼，原因大半在没有把人与人的关系调处适宜。这人与人的关系在我国向称为“人伦”。在人伦中先儒指出五个最重要的，就是君臣、父子、夫妇、兄弟、朋友。这五伦之中，父子、夫妇、兄弟起于家庭，君臣和朋友起于国家社会。先儒谈伦理修养，大半在五伦上做功夫，以为五伦上面如果无亏缺，个人修养固然到了极境，家庭和国家社会也就自然稳固了。五伦之中，朋友一伦的地位很特别，它不像其他四伦都有法律的基础，它起于自由的结合，没有法律的力量维系它或是限定它，它的唯一的基础是友爱与信义。但是它的重要性并不因此减少。如果我们把人与人中间的好感称为友谊，则无论是君臣、父子、夫妇或是兄弟之中，都绝对不能没有友谊。就字源说，在中西文里“友”字都含有“爱”的意义。无爱不成友，无爱也不成君臣、父子、夫妇或兄弟。换句话说，无论哪一伦，都非有朋友的要素不可，朋友是一切人伦的基础。懂得处友，就懂得处人；懂得处人，就懂得做人。一个人在处友方面如果有亏缺，他的生活不但不能是快乐的，而且也决不能是善的。

谁都知道，有真正的好朋友是人生一件乐事。人是社会的动物，生来就有同情心，生来也就需要同情心。读一篇好诗文，看一片好风景，没有一个人在身旁可以告诉他说："这真好呀！"心里就觉得美中有不足。遇到一件大喜事，没有人和你同喜，你的欢喜就要减少七八分；遇到一件大灾难，没有人和你同悲，你的悲痛就增加七八分。孤零零的一个人不能唱歌，不能说笑话，不能打球，不能跳舞，不能闹架拌嘴，总之，什么开心的事也不能做。世界最酷毒的刑罚要算幽禁和充军，逼得你和你所常接近的人们分开，让你尝无亲无友那种孤寂的风味。人必须接近人，你如果不信，请你闭关独居十天半个月，再走到十字街头在人群中挤一挤，你心里会感到说不出来的快慰，仿佛过了一次大瘾，虽然街上那些行人在平时没有一个让你瞧得上眼。人是一种怪物，自己是一个人，却要显得瞧不起人，要孤高自赏，要闭门谢客，要把心里所想的看成神妙不可言说，"不可与俗人道"，其实隐意识里面惟恐人不注意自己，不知道自己，不赞赏自己。世间最欢喜守秘密的人往往也是最不能守秘密的人。他们对你说："我告诉你，你却不要告诉人。"他不能不告诉你，却忘记你也不能不告诉人。这所谓"不能"

实在出于天性中一种极大的压迫力。人需要朋友，如同人需要泄露秘密，都由于天性中一种压迫力在驱遣。它是一种精神上的饥渴，不满足就可以威胁到生命的健全。

谁也都知道，朋友对于性格形成的影响非常重大。一个人的好坏，朋友熏染的力量要居大半。既看重一个人把他当作真心朋友，他就变成一种受崇拜的英雄，他的一言一笑、一举一动都在有意无意之间变成自己的模范，他的性格就逐渐有几分变成自己的性格。同时，他也变成自己的裁判者，自己的一言一笑、一举一动，都要顾到他的赞许或非难。一个人可以蔑视一切人的毁誉，却不能不求见谅于知己。每个人身旁有一个“圈子”，这圈子就是他所尝亲近的人围成的，他跳来跳去，尝跳不出这圈子。在某一种圈子就成为某一种人。圣贤有道，盗亦有道。隔着圈子相视，尧可非桀，桀亦可非尧。究竟谁是谁非，责任往往不在个人而在他所在的圈子。古人说：“与善人交，如入芝兰之室，久而不闻其香；与恶人交，如入鲍鱼之肆，久而不闻其臭。”久闻之后，香可以变成寻常，臭也可以变成寻常，习而安之，就不觉其为香为臭。一个人应该谨慎择友，择他所在的圈子，道理就在此。人是善于模仿的，模仿品的好坏，全看模型的好坏，有如素丝，染于青则青，染于黄则黄。“告诉我谁是你的朋友，我就知道你是怎样的一种人。”这句西谚确实是经验之谈。《学记》论教育，一则曰：“七年视论学取友。”再则曰：“相观而善之谓摩。”从孔孟以来，中国士林向奉尊师敬友为立身治学的要道。这都是深有见于朋友的影响重大。师弟向不列于五伦，实包括于朋友一伦里面，师与友是不能分开的。

许叔重《说文解字》谓“同志为友”。就大体说，交友的原则是“同声相应，同气相求”。但是绝对相同在理论与事实都是不可能的。“人心不同，各如其面。”这不同亦正有它的作用。朋友的乐趣在相同中容易见出；朋友的益处却往往在相异处才能得到。古人尝拿“如切如磋，如琢如磨”来譬喻朋友的交互影响。这譬喻实在是很恰当。玉石有瑕疵棱角，用一种器具来切磋琢磨它，它才能圆融光润，才能“成器”。人的性格也难免有瑕疵棱角，如私心、成见、骄矜、暴躁、愚昧、顽恶之类，要多受切磋琢磨，才能洗刷净尽，达到玉润珠圆的境界。朋友便是切磋琢磨的利器，与自己愈不同，摩擦愈多，切磋琢磨的影响也就愈大。这影响在学问思想方面最容易见出。一个人多和异己的朋友讨论，会逐渐发现自己的学说不圆满处，对方的学说有可取处，逼得不得不作进一层的思考，这样地对于学问才能逐渐鞭辟入里。在朋友互相切磋中，一方面被“磨”，一方面也在受滋养。一个人被“磨”的方面愈多，吸收外来的滋养也就愈丰富。孔子论益友，所以特重直谅多闻。一个不能有诤友的人永远是愚而好自用，在道德学问上都不会有很大的成就。

好朋友在我国语文里向来叫作“知心”或“知己”，“知交”也是一个习用的名词。这个语言的习惯颇含有深长的意味。从心理观点看，求见知于人是一种社会本能，有这本能，人与人才可免除隔阂，打成一片，社会才能成立。它是社会生命所借以维持的，犹如食色本能是个人与种族生命所借以维持的，所以它与食色本能同样强烈。古人尝以一死报知己，钟子期死后，伯牙不复鼓琴。这种行为在一般人看近似于过激，其实是由于极强烈的社会本能在驱遣。其次，从伦理哲学观点看，知人是处人的基础，而知人却极不易，因为深刻的了解必基于深刻的同情。深刻的同情只在真挚的朋友中才常发见，对于一个人有深交，你才能真正知道他。了解与同情是互为因果的，你对于一个人愈同情，就愈能了解他；你愈了解他，也就愈同情他。法国人有一句成语说：“了解一切，就是宽容一切。”（toutcomprendre, c’est tout pardonner.）这句话说来像很容易，却是人生的最高智慧，需要极伟大的胸襟才能做到。古今有这种胸襟的只有几个大宗教家，像释迦牟尼和耶稣，有这种胸襟才能谈到大慈大悲；没有它，任何宗教都没有灵魂。修养这种胸襟的捷径是多与人做真正的好朋友，多与人推心置腹，从对于一部分人得到深刻的了解，做到对于一般人类起深厚的同情。从这方面看，交友的范围宜稍广泛，各种人都有最好，不必限于自己同行同趣味的。蒙田在他的论文里提出一个很奇怪主张，以为一个人只能有一个真正的朋友，我对这主张很怀疑。

交友是一件寻常事，人人都有朋友，交友却也不是一件易事，很少人有真正的朋友。势利之交固容易破裂，就是道义之交也有时不免闹意气之争。王安石与司马光、苏轼、程颢诸人在政治和学术上的倾轧便是好例。他们个个都是好人，彼此互有相当的友谊，而结果闹成和世俗人一般的翻云覆雨。交道之难，从此可见。从前人谈交道的话说得很多。例如“朋友有信”“久而敬之”“君子之交淡如水”，视朋友须如自己，要急难相助，须知护友之短，像孔子不假盖于悭吝朋友，要劝善规过，但“不可则止，无自辱焉”。这些话都是说起来颇容易，做起来颇难。许多人都懂得这些道理，但是很少人真正会和人做朋友。

孔子尝劝人“无友不如己者”，这话使我很彷徨不安。你不如我，我不和你做朋友，要我和你做朋友，就要你胜似我，这样我才能得益。但是这算盘我会打你也就会打，如果你也这么说，你我之间不就没有做朋友的可能么？柏拉图写过一篇谈友谊的对话，另有一番奇妙议论。依他看，善人无须有朋友，恶人不能有朋友，善恶混杂的人才或许需要善人为友来消除他的恶，恶去了，友的需要也就随之消灭。这话显然与孔子的话有些抵牾。谁是谁非，我至今不能断定，但是我因此想到朋友之中，人我的比较是一个重要问题，而这问题又和善恶问题密切相关。我从前研究美学上的欣赏与创造问题，得到一个和常识不相通的结论，就是：欣赏与创造根本难分，每人所欣赏的世界就是每人所创造的世界，就是他自己的情趣和性格的返照；你在世界中能“取”多少，就看你在你的性灵中能提出多少“与”它，物与我之中有一种生命的交流，深人所见于物者深，浅人所见于物者浅。现在我思索这比较实际的交友问题，觉得它与欣赏艺术自然的道理颇可暗合默契。你自己是什样的人，就会得到什样的朋友。人类心灵尝交感回流。你拿一分真心待人，人也就拿一分真心待你，你所“取”如何，就看你所“与”如何。“爱人者人恒爱之，敬人者人恒敬之。”人不爱你敬你，就显得你自己有损缺。你不必责人，先须返求诸己。不但在情感方面如此，在性格方面也都是如此。友必同心，所谓“心”是指性灵同在一个水准上。如果你我在性灵上有高低，我高就须感化你，把你提高到同样水准；你高也是如此，否则友谊就难成立。朋友往往是测量自己的一种最精确的尺度。你自己如果不是一个好朋友，就决不能希望得到一个好朋友。要是好朋友，自己须先是一个好人。我很相信柏拉图的“恶人不能有朋友”的那一句话。恶人可以做好朋友时，他在他方面尽管是坏，在能为好朋友一点上就可证明他还有人性，还不是一个绝对的恶人。说来说去，“同声相应，同气相求”那句老话还是对的，何以交友的道理在此，如何交友的方法也在此。交友和一般行为一样，我们应该常牢记在心的是“责己宜严，责人宜宽”。

学业·职业·事业

每个有志气的人，在他的生平都不免为三件事操心。在学校时代，他关心学业；离开学校，他关心职业；有了职业，他关心事业。这自然只是一种粗略的分期，也有许多人始终就专在学业、职业或事业上打计算。总之，这三个名词的意义对于一般人大半不成为问题，不过从逻辑的眼光来分析，我们不能说它是三件互不相同的事。它们的关系还须待确定。

先说“业”。《说文》所定的这个字的原始意义是钟架上一块木板，与我们所谈的没有多大关系。就“业”字所常用在的语句看（如“进德修业”“业精于勤”“以农为业”“成大业”“创业守成”等等），我们可以看出两点：第一是学业、职业和事业都可以叫作业，第二是这个“业”字含有相当指流行语“工作”一词的意义。佛典常用“业”字，和“行”字同义，凡人为造作通可叫作“业”，例如思想、言语、行为，都可是一种“业”，“业”

简直就相当于流行语的活动。我们可以说，“业”是人运用他的力量做一种工作或活动；所进行的工作或活动叫作“业”，工作或活动所成就的结果也可以叫作“业”。

依这种解释看，学业就是学问的工作或活动，职业就是职分所在的工作或活动。工作或活动就是“事”，所以“事业”是只有一个意义的复词，学问是一种事业，职业也还是一种事业。如果事业还另有特殊意义，那就只能指工作或活动的成就。依这种意义说，在职业上可以成就事业，在学问上也还可以成就事业。总上两义，学业与事业，职业与事业，在逻辑上都不应分开；我们至多只能说“事业”比“学业”或“职业”涵义较广泛，不过这也还有问题。

问题在学业与职业是否绝对为两回事。一般人说“职业”，似带有一种误解，以为职业是衣食工具，“谋职业”就等于“谋生活”，也就等于“谋衣食”，这里“职业”和“生活”两个词的意义都同样窄狭化得很离奇可笑。在这种用字的习惯上，我们可以见出一般人的生活理想的低落。顾名思义，“职业”显然是职分以内的事业。所谓“职分”是起于社会的分工合作的需要。社会上有许多事要做，一个人不能同时做许多事，于是这个人种田，那一个人经商，另一个人做工匠，如此分工，每个人有一个“职分”，都能各尽“职分”帮助社会大机器的轮子旋转，以一分工作的效益，换取同群许多分工作的效益，“吾尽所能，各取所需”，于是人与社会两得其便。每个人有一个“职分”，对于那“职分”就负有责任，须把那“职分”以内的事做好。对于“职分”不尽责就是不称职。职与责是不能分开的。

回到原来的问题，学业与职业是否绝对为两回事呢？从两个观点看，它们也不应分开。

第一，从狭义的学业说，学业是某一种专门学术的研究。专门的学术研究需要长久的集中的力量。一个人既研究一种专门学术，他就没有时间精力去干别的事。社会需要学术的进展，就需有一部分人以研究学术为“职业”。做学问是学者的职分以内的事，正如种田是农人的职分以内的事，他们的成就都于社会有益，他们都负有责任在自家职分以内求有成就。照这样看，学业还是可以当作一种职业。

其次，就广义的学业说，学业是每一种职业必有的准备。一切工作（尤其是在近代社会分工很严密的工作）都需要学习，每一行都有一套专门学问，所以你如果想把某一种职分以内的事做好，你就必须先把它学好。不但如此，工作本身也就是学习。有些人以为在学校里学得一种学问，学业便可告结束，以后入社会就职业，只须拿这一套法宝作无尽期的应用。这不但是误解学业，也是误解职业。最亲切最实在的学问大半不是从书本得来，而是从实地亲身经验得来的。古人所谓“到处留心皆学问”，就是有见于此。同时，到处留心学问的人可以说“学”与“事”相得益彰，不至犯不学无术的毛病，在职业上才能成就真正的事业。一辈子拘受一部讲义的人决不是一个好教员，一辈子拘守一部步兵操典的人决不是一个好战士，余可类推。所以要想把一种职业做好，必须把职业当作学业看。

依以上的分析，学业、职业和事业应该是三位一体。学业或职业如果不能成为事业，那就空洞无成就。学业和职业如果不能打成一片，学业就只是私人的嗜好，不能成为社会中的一种职分，对社会没有效益；职业也就降为与学问脱节的盲目的衣食营求，干躁无味。

职业与学业一贯，然后所学即所用，所用即所学，人得其事，事得其人，不过这只是理想，事实上一个人的职业往往和他的学业不很相关。这是由于有些学业不能为谋生之具，一个人一方面要忠于一种没有经济价值的学问，一方面又要维持生计，于是不得不就一种与自家专门学问无关的职业。最显著的例子是大哲学家斯宾诺莎，他为着要保持学术思想的自由，拒绝当大学教授，宁愿操磨镜片的职业，借以营生。英国文学家兰姆写得那样一笔奇特而隽永的散文，而他的终身职业只是一个公司的书记。波兰小说家康拉德在商船上当过多年的水手。英国诗人蒙罗在伦敦一条小街上经营一个小书店。这种实例在西方很多。这种办法颇有它的长处。不靠所研究的学业来谋生，可以保持学业的独立自由；同时，在本行以外就一种职业，也可以扩大眼界，增加生活经验。在目前中国，一般人囿于浅狭的功利主义，都争去学可以赚钱的学问，而文哲数理一类虽是冷门而却极重要的学问很少有人问津，这对于文化学术的全局是一个危险的现象。有志于纯粹学术的人们最好拿斯宾诺莎、兰姆诸人做榜样，一方面埋头做自己的学问，一方面操一种副业，使生计有着落。这种办法的存在，当然显示社会组织有毛病，不在社会组织未完善以前我们只有这个办法可采用。将来社会合理化时，我们希望每一项学术工作者都不感受生活的压迫，每一种学业同时就是一种职业。

在另外一种情形之下，学业与职业也不完全相称，这就是通才就专职。政府行政工作本来也还是一种职业，可是一直到现在，各国还很少在学校里设专门学科去训练议员部长以及其他公务员。在从前中国，政府大小职位，上自宰相，下至县丞，大半依科举履历任命，由科举进身者所读的书大半不外经史诗文，而做的职务却可以彼此相差很远。一榜及第的人有典钱谷的，有主试的，有带兵的，有典刑狱的，有掌漕运的。职务和学问似没有显著的关系。这种情形在目前似还没有经过很大的变更，在英国情形也很类似。一个人在牛津或剑桥毕业了，就可以参加文官考试，及格了，无论所学的是什么，可以被派到任何官厅去服务。如果他想做大一点的官，他可以运动入国会，只要有本领，就不愁没有阁员当。所谓本领也并非专门学术。比如现在首相丘吉尔，做过好久的海军大臣，却没有学过海军，他本来是文人，当过新闻记者。专才学一行才能做一行，通才无须学那一行才能做那一行。医工农商等等需要专才，而社会领导工作则需要通才。近代教育似正在徘徊于两种理想之间，一是“职业教育”的理想，一是“自由教育”的理想，学业须包含品格、学识各方面的普遍修养，不能窄狭化到学徒训练。依我个人想，自由教育对于社会领导工作实在比职业教育重要，不过这两种理想也并非绝对不能相容，专门的技术训练和普通的品格学识修养最好是并行不悖。

择学择业对于一个人是一个极重的问题。首先要考虑的是个人的资禀与兴趣。我曾观察过许多人所学的和所做的全与他们性不相近。有些学文艺的人对于人生世相看不出丝毫情趣，遇事称斤称两，谈吐干燥无味，他们理应学商业或是法律。有些工程师根本没有科学的头脑，却欢喜做点旧诗，结交大人阔老，他们理应干政治。如此等类，不胜枚举，性不相近，纵然是努力，也往往劳而无补，对于个人和社会都是精力的浪费。在美国，“职业测验”已成为一种专门学问。一个人对于择学择业如有疑难可以找一个专家用测验来解决。这种测验容或很幼稚肤浅，但是它的原则是不错的。我们希望测验的方法日趋精密，将来一个人在学一门学问或是就一种职业之先，都仔细经过一番测验，免得走错门路。

一个人的性之所近，大半自己明白。有些人明明知道自己的长短而却不根据它来决定志向，这大半误于名利观念。现在学生们都欢喜学工程或经济，以为出路好，容易赚钱。存这种心理的人根本不配谈学问，也根本不能做好一行职业，因为他们的兴趣不在学业或职业自身的成就，而在它对于个人所能产生的实利。得鱼忘筌，钱赚到手了，学业和事业有无成就却不必管。这种人的毛病都在短见。“行行出状元”，世间宁有哪一种学问不能学好，或是哪一种职业不能做好？宁有其正在学业和事业上有成就的人会穷得要饿死？如果以为某一行比较走时，或比较容易成功，不费多少气力就可以有成就，这也是妄想。世间没有一件有价值的事可以不费力就能学好做好。我们必须谨记着“不问收获，只问耕耘”一句至理名言。下一分功夫，自然有一分成就。世间纵然也偶有不劳而获的事，那是苟且侥幸，除着寄生虫，都不应存苟且侥幸的心理。

此外，我们中国人对于职业向来有一个更错误的观念，以为世间职业有些是天生的高贵，有些是天生的下贱。所以大家都希望做官而不希望做农工兵警。其实职业起于社会的分工合作的需要。社会需要一种职业，那一种职业就对于社会有效益。一个人有无荣誉，不能看他任的什么职业，应该看他在他的职位是否尽责。一个误国的总统或部长实在抵不上一个勤恳尽职的清道夫。我们通常对于“不才而在高位”者的阔绰排场备致欣羡，对于老老实实替社会造福的农人工人反存鄙视。这是一种可耻的价值意识的颠倒。

无论在学业或职业中想成就事业，都需要两种基本德行。第一是“公”。公就是公道公理。一个问题的看法，一个事件的处理，都须依据一个客观的普遍的道理，对自己说得过去，对他人也说得过去，无论谁来看，都会觉得这是最合理的解决，学问也好，事业也好，都要尊重这种公道公理，才不至发生弊端。公的反面是私。世间许多人许多事都败于私心自用。做学问存私心，便为偏见所蒙蔽，寻不着真理；做事存私心，便不免假公济私，贪污苟且，败坏自己的人格，也败坏社会的利益。其次是“忠”。“忠”是死心塌地地爱护自己的职守，不肯放弃它或疏忽它。把学问当作敲门砖，把职业当作营私的门径，就是不忠于所学所职，为着势利的引诱、放弃自己的学业或职业去做别的勾当，其行为也正等于汉奸卖国，都是不忠。忠才能有牺牲的精神，不计私人利害，固守职分所在的岗位，坚持到底，以底于成。忠是基本德行，有了它也就有了两种附带的德行，勤与勇。勤是精进不懈，时时刻刻努力前进，务求把事做好；勇是无畏不屈，遇到任何困难，都必须拼命把它克服。懒怠与怯懦是治学与治事的大忌；它们的病源在缺乏忠诚与忠诚所附带的热情。

每个人都是自己的命运的主宰，每个人的江山都依仗自己的奋斗才打得来。这个世界是冷酷无情的，一个人如果想以寄生虫的心习，去侥幸获取只有勤奋的蜂蚁所能获到的花蜜，他终久必归自然淘汰。万一他成功侥幸一时，社会所受的祸害也就很大，一条寄生虫有时可以危害到一个人的性命，凡是关心学业、职业和事业的人，须记起这一番简单的道理。

我们对于一棵古松的三种态度

——实用的、科学的、美感的

我刚才说，一切事物都有几种看法。你说一件事物是美的或是丑的，这也只是一种看法。换一个看法，你说它是真的或是假的；再换一种看法，你说它是善的或是恶的。同是一件事物，看法有多种，所看出来的现象也就有多种。

比如园里那一棵古松，无论是你是我或是任何人一看到它，都说它是古松。但是你从正面看，我从侧面看，你以幼年人的心境去看，我以中年人的心境去看，这些情境和性格的差异都能影响到所看到的古松的面目。古松虽只是一件事物，你所看到的和我所看到的古松却是两件事。假如你和我各把所得的古松的印象画成一幅画或是写成一首诗，我们俩艺术手腕尽管不分上下，你的诗和画与我的诗和画相比较，却有许多重要的异点。这是什么缘故呢？这就由于知觉不完全是客观的，各人所见到的物的形象都带有几分主观的色彩。

假如你是一位木商，我是一位植物学家，另外一位朋友是画家，三人同时来看这棵古松。我们三人可以说同时都“知觉”到这一棵树，可是三人所“知觉”到的却是三种不同的东西。你脱离不了你的木商的心习，你所知觉到的只是一棵做某事用值几多钱的木料。我也脱离不了我的植物学家的心习，我所知觉到的只是一棵叶为针状、果为球状、四季常青的显花植物。我们的朋友——画家——什么事都不管，只管审美，他所知觉到的只是一棵苍翠劲拔的古树。我们三人的反应态度也不一致。你心里盘算它是宜于架屋或是制器，思量怎样去买它，砍它，运它。我把它归到某类某科里去，注意它和其他松树的异点，思量它何以活得这样老。我们的朋友却不这样东想西想，他只在聚精会神地观赏它的苍翠的颜色，它的盘屈如龙蛇的线纹以及它的昂然高举、不受屈挠的气概。

从此可知这棵古松并不是一件固定的东西，它的形象随观者的性格和情趣而变化。各人所见到的古松的形象都是各人自己性格和情趣的返照。古松的形象一半是天生的，一半也是人为的。极平常的知觉都带有几分创造性；极客观的东西之中都有几分主观的成分。

美也是如此。有审美的眼睛才能见到美。这棵古松对于我们的画画的朋友是美的，因为他去看它时就抱了美感的态度。你和我如果也想见到它的美，你须得把你那种木商的实用的态度丢开，我须得把植物学家的科学的态度丢开，专持美感的态度去看它。

这三种态度有什么分别呢？

先说实用的态度。做人的第一件大事就是维持生活。既要生活，就要讲究如何利用环境。“环境”包含我自己以外的一切人和物在内，这些人和物有些对于我的生活有益，有些对于我的生活有害，有些对于我不关痛痒。我对于他们于是有爱恶的情感，有趋就或逃避的意志和活动。这就是实用的态度。实用的态度起于实用的知觉，实用的知觉起于经验。小孩子初出世，第一次遇见火就伸手去抓，被它烧痛了，以后他再遇见火，便认识它是什么东西，便明了它是烧痛手指的，火对于他于是有意义。事物本来都是很混乱的，人为便利实用起见，才像被火烧过的小孩子根据经验把四围事物分类立名，说天天吃的东西叫作“饭”，天天穿的东西叫作“衣”，某种人是朋友，某种人是仇敌，于是事物才有所谓“意义”。意义大半都起于实用。在许多人看，衣除了是穿的，饭除了是吃的，女人除了是生小孩的一类意义之外，便寻不出其他意义。所谓“知觉”，就是感官接触某种人或物时心里明了他的意义。明了他的意义起初都只是明了他的实用。明了实用之后，才可以对他起反应动作，或是爱他，或是恶他，或是求他，或是拒他，木商看古松的态度便是如此。

科学的态度则不然。它纯粹是客观的、理论的。所谓客观的态度就是把自己的成见和情感完全丢开，专以“无所为而为”的精神去探求真理。理论是和实用相对的。理论本来可以见诸实用，但是科学家的直接目的却不在于实用。科学家见到一个美人，不说我要去向她求婚，她可以替我生儿子，只说我看她这人很有趣味，我要来研究她的生理构造，分析她的心理组织。科学家见到一堆粪，不说它的气味太坏，我要掩鼻走开，只说这堆粪是一个病人排泄的，我要分析它的化学成分，看看有没有病菌在里面。科学家自然也有见到美人就求婚，见到粪就掩鼻走开的时候，但是那时候他已经由科学家还到实际人的地位了。科学的态度之中很少有情感和意志，它的最重要的心理活动是抽象的思考。科学家要在这个混乱的世界中寻出事物的关系和条理，纳个物于概念，从原理演个例，分出某者为因，某者为果，某者为特征，某者为偶然性。植物学家看古松的态度便是如此。

木商由古松而想到架屋、制器、赚钱等等，植物学家由古松而想到根茎花叶、日光水分等等，他们的意识都不能停止在古松本身上面。不过把古松当作一块踏脚石，由它跳到和它有关系的种种事物上面去。所以在实用的态度中和科学的态度中，所得到的事物的意象都不是独立的、绝缘的，观者的注意力都不是专注在所观事物本身上面的。注意力的集中，意象的孤立绝缘，便是美感的态度的最大特点。比如我们的画画的朋友看古松，他把全副精神都注在松的本身上面，古松对于他便成了一个独立自足的世界。他忘记他的妻子在家里等柴烧饭，他忘记松树在植物教科书里叫作显花植物，总而言之，古松完全占领住他的意识，古松以外的世界他都视而不见、听而不闻了。他只把古松摆在心眼面前当作一幅画去玩味。他不计较实用，所以心中没有意志和欲念；他不推求关系、条理、因果等等，所以不用抽象的思考。这种脱净了意志和抽象思考的心理活动叫作“直觉”，直觉所见到的孤立绝缘的意象叫作“形象”。美感经验就是形象的直觉，美就是事物呈现形象于直觉时的特质。

实用的态度以善为最高目的，科学的态度以真为最高目的，美感的态度以美为最高目的。在实用态度中，我们的注意力偏在事物对于人的利害，心理活动偏重意志；在科学的态度中，我们的注意力偏在事物间的互相关系，心理活动偏重抽象的思考；在美感的态度中，我们的注意力专在事物本身的形象，心理活动偏重直觉。真善美都是人所定的价值，不是事物所本有的特质。离开人的观点而言，事物都混然无别，善恶、真伪、美丑就漫无意义。真善美都含有若干主观的成分。

就“用”字的狭义说，美是最没有用处的。科学家的目的虽只在辨别真伪，他所得的结果却可效用于人类社会。美的事物如诗文、图画、雕刻、音乐等等都是寒不可以为衣，饥不可以为食的。从实用的观点看，许多艺术家都是太不切实用的人物。然则我们又何必来讲美呢？人性本来是多方的，需要也是多方的。真善美三者俱备才可以算是完全的人。人性中本有饮食欲，渴而无所饮，饥而无所食，固然是一种缺乏；人性中本有求知欲而没有科学的活动，本有美的嗜好而没有美感的活动，也未始不是一种缺乏。真和美的需要也是人生中的一种饥渴——精神上的饥渴。疾病衰老的身体才没有口腹的饥渴。同理，你遇到一个没有精神上的饥渴的人或民族，你可以断定他的心灵已到了疾病衰老的状态。

人所以异于其他动物的就是于饮食男女之外还有更高尚的企求，美就是其中之一。是壶就可以贮茶，何必又求它形式、花样、颜色都要好看呢？吃饱了饭就可以睡觉，何必又呕心血去做诗、画画、奏乐呢？“生命”是与“活动”同义的，活动愈自由，生命也就愈有意义。人的实用的活动全是有所为而为，是受环境需要限制的；人的美感的活动全是无所为而为，是环境不需要他活动而他自己愿意去活动的。在有所为而为的活动中，人是环境需要的奴隶；在无所为而为的活动中，人是自己心灵的主宰。这是单就人说，就物说呢，在实用的和科学的世界中，事物都借着和其他事物发生关系而得到意义，到了孤立绝缘时就都没有意义；但是在美感世界中它却能孤立绝缘，却能在本身现出价值。照这样看，我们可以说，美是事物的最有价值的一面，美感的经验是人生中最有价值的一面。

许多轰轰烈烈的英雄和美人都过去了，许多轰轰烈烈的成功和失败也都过去了，只有艺术作品真正是不朽的。数千年前的《采采卷耳》和《孔雀东南飞》的作者还能在我们心里点燃很强烈的火焰，虽然在当时他们不过是大皇帝脚下的不知名的小百姓。秦始皇并吞六国，统一车书；曹孟德带八十万人马下江东，舳舻千里，旌旗蔽空，这些惊心动魄的成败对于你有什么意义？对于我有什么意义？但是长城和《短歌行》对于我们还是很亲切的，还可以使我们心领神会这些骸骨不存的精神气魄。这几段墙在，这几句诗在，他们永远对于人是亲切的。由此类推，在几千年或是几万年以后看，现在纷纷扰扰的"帝国主义""反帝国主义""主席""代表""电影明星"之类对于人有什么意义？我们这个时代是否也有类似长城和《短歌行》的纪念坊留给后人，让他们觉得我们也还是很亲切的么？悠悠的过去只是一片漆黑的天空，我们所以还能认识出来这漆黑的天空者，全赖思想家和艺术家所散布的几点星光。朋友，让我们珍重这几点星光！让我们也努力散布几点星光去照耀那和过去一般漆黑的未来！

“慢慢走，欣赏啊！”

——人生的艺术化

一直到现在，我们都是讨论艺术的创造与欣赏。在收尾这一节中，我提议约略说明艺术和人生的关系。

我在开章明义时就着重美感态度和实用态度的分别，以及艺术和实际人生之中所应有的距离，如果话说到这里为止，你也许误解我把艺术和人生看成漠不相关的两件事。我的意思并不如此。

人生是多方面而却互相和谐的整体，把它分析开来看，我们说某部分是实用的活动，某部分是科学的活动，某部分是美感的活动，为正名析理起见，原应有此分别；但是我们不要忘记，完满的人生见于这三种活动的平均发展，它们虽是可分别的而却不是互相冲突的。“实际人生”比整个人生的意义较为窄狭。一般人的错误在把它们认为相等，以为艺术对于“实际人生”既是隔着一层，它在整个人生中也就没有什么价值。有些人为维护艺术的地位，又想把它硬纳到“实际人生”的小范围里去。这般人不但是误解艺术，而且也没有认识人生。我们把实际生活看作整个人生之中的一片段，所以在肯定艺术与实际人生的距离时，并非肯定艺术与整个人生的隔阂。严格地说，离开人生便无所谓艺术，因为艺术是情趣的表现，而情趣的根源就在人生；反之，离开艺术也便无所谓人生，因为凡是创造和欣赏都是艺术的活动，无创造、无欣赏的人生是一个自相矛盾的名词。

人生本来就是一种较广义的艺术。每个人的生命史就是他自己的作品。这种作品可以是艺术的，也可以不是艺术的，正犹如同是一种顽石，这个人能把它雕成一座伟大的雕像，而另一个人却不能使它“成器”，分别全在性分与修养。知道生活的人就是艺术家，他的生活就是艺术作品。

过一世生活好比作一篇文章。完美的生活都有上品文章所应有的美点。

第一，一篇好文章一定是一个完整的有机体，其中全体与部分都息息相关，不能稍有移动或增减。一字一句之中都可以见出全篇精神的贯注。比如陶渊明的《饮酒》诗本来是“采菊东篱下，悠然见南山”，后人把“见”字误印为“望”字，原文的自然与物相遇相得的神情便完全丧失。这种艺术的完整性在生活中叫作“人格”。凡是完美的生活都是人格的表现。大而进退取与，小而声音笑貌，都没有一件和全人格相冲突。不肯为五斗米折腰向乡里小儿，是陶渊明的生命史中所应有的一段文章，如果他错过这一个小节，便失其为陶渊明。下狱不肯脱逃，临刑时还叮咛嘱咐还邻人一只鸡的债，是苏格拉底的生命史中所应有的一段文章，否则他便失其为苏格拉底。这种生命史才可以使人把它当作一幅图画去惊赞，它就是一种艺术的杰作。

其次，“修辞立其诚”是文章的要诀，一首诗或是一篇美文一定是至性深情的流露，存于中然后形于外，不容有丝毫假借。情趣本来是物我交感共鸣的结果。景物变动不居，情趣亦自生生不息。我有我的个性，物也有物的个性，这种个性又随时地变迁而生长发展。每人在某一时会所见到的景物，和每种景物在某一时会所引起的情趣，都有它的特殊性，断不容与另一人在另一时会所见到的景物，和另一景物在另一时会所引起的情趣完全相同。毫厘之差，微妙所在。在这种生生不息的情趣中，我们可以见出生命的造化。把这种生命流露于语言文字，就是好文章；把它流露于言行风采，就是美满的生命史。

文章忌俗滥，生活也忌俗滥。俗滥就是自己没有本色而蹈袭别人的成规旧矩。西施患心病，常捧心颦眉，这是自然的流露，所以愈增其美。东施没有心病，强学捧心颦眉的姿态，只能引人嫌恶。在西施是创作，在东施便是滥调。滥调起于生命的干枯，也就是虚伪的表现。“虚伪的表现”就是“丑”，克罗齐已经说过。“风行水上，自然成纹”，文章的妙处如此，生活的妙处也是如此。

在什么地位，是怎样的人，感到怎样情趣，便现出怎样言行风采，叫人一见就觉其谐和完整，这才是艺术的生活。

俗语说得好："惟大英雄能本色"，所谓艺术的生活就是本色的生活。世间有两种人的生活最不艺术，一种是俗人，一种是伪君子。"俗人"根本就缺乏本色，"伪君子"则竭力遮盖本色。朱晦庵有一首诗说：

> 半亩方塘一鉴开，天光云影共徘徊。问渠那得清如许？为有源头活水来。

艺术的生活就是有"源头活水"的生活。俗人迷于名利，与世浮沉，心里没有"天光云影"，就因为没有源头活水。他们的大病是生命的干枯。"伪君子"则于这种"俗人"的资格之上，又加上"沐猴而冠"的伎俩。他们的特点不仅见于道德上的虚伪，一言一笑、一举一动，都叫人起不美之感。谁知道风流名士的架子之中掩藏了几多行尸走肉？无论是"俗人"或是"伪君子"，他们都是生活中的"苟且者"，都缺乏艺术家在创造时所应有的良心。像柏格森所说的，他们都是"生命的机械化"，只能作喜剧中的角色。生活落到喜剧里去的人大半都是不艺术的。

艺术的创造之中都必寓有欣赏，生活也是如此。一般人对于一种言行常欢喜说它"好看""不好看"，这已有几分是拿艺术欣赏的标准去估量它。但是一般人大半不能彻底，不能拿一言一笑、一举一动纳在全部生命史里去看，他们的“人格”观念太淡薄，所谓“好看”“不好看”往往只是“敷衍面子”。善于生活者则彻底认真，不让一尘一芥妨碍整个生命的和谐。一般人常以为艺术家是一班最随便的人，其实在艺术范围之内，艺术家是最严肃不过的。在锻炼作品时常呕心呕肝，一笔一画也不肯苟且。王荆公作“春风又绿江南岸”一句诗时，原来“绿”字是“到”字，后来由“到”字改为“过”字，由“过”字改为“入”字，由“入”字改为“满”字，改了十几次之后才定为“绿”字。即此一端可以想见艺术家的严肃了。善于生活者对于生活也是这样认真。曾子临死时记得床上的席子是季路的，一定叫门人把它换过才瞑目。吴季札心里已经暗许赠剑给徐君，没有实行徐君就已死去，他很郑重地把剑挂在徐君墓旁树上，以见“中心契合死生不渝”的风谊。像这一类的言行看来虽似小节，而善于生活者却不肯轻易放过，正犹如诗人不肯轻易放过一字一句一样。小节如此，大节更不消说。董狐宁愿断头不肯掩盖史实，夷齐饿死不愿降周，这种风度是道德的也是艺术的。我们主张人生的艺术化，就是主张对于人生的严肃主义。

艺术家估定事物的价值，全以它能否纳入和谐的整体为标准，往往出于一般人意料之外。他能看重一般人所看轻的，也能看轻一般人所看重的。在看重一件事物时，他知道执着；在看轻一件事物时，他也知道摆脱。艺术的能事不仅见于知所取，尤其见于知所舍。苏东坡论文，谓如水行山谷中，行于其所不得不行，止于其所不得不止。这就是取舍恰到好处，艺术化的人生也是如此。善于生活者对于世间一切，也拿艺术的口胃去评判它，合于艺术口胃者毫毛可以变成泰山，不合于艺术口胃者泰山也可以变成毫毛。他不但能认真，而且能摆脱。在认真时见出他的严肃，在摆脱时见出他的豁达。孟敏堕甑，不顾而去，郭林宗见到以为奇怪。他说："甑已碎，顾之何益？"哲学家斯宾诺莎宁愿靠磨镜过活，不愿当大学教授，怕妨碍他的自由。王徽之居山阴，有一天夜雪初霁，月色清朗，忽然想起他的朋友戴逵，便乘小舟到剡溪去访他，刚到门口便把船划回去。他说："乘兴而来，兴尽而返。"这几件事彼此相差很远，却都可以见出艺术家的豁达。伟大的人生和伟大的艺术都要同时并有严肃与豁达之胜。晋代清流大半只知道豁达而不知道严肃，宋朝理学又大半只知道严肃而不知道豁达。陶渊明和杜子美庶几算得恰到好处。

一篇生命史就是一种作品，从伦理的观点看，它有善恶的分别，从艺术的观点看，它有美丑的分别。善恶与美丑的关系究竟如何呢？

就狭义说，伦理的价值是实用的，美感的价值是超实用的；伦理的活动都是有所为而为，美感的活动则是无所为而为。比如仁义忠信等等都是善，问它们何以为善，我们不能不着眼到人群的幸福。美之所以为美，则全在美的形象本身，不在它对于人群的效用（这并不是说它对于人群没有效用）。假如世界上只有一个人，他就不能有道德的活动，因为有父子才有慈孝可言，有朋友才有信义可言。但是这个想象的孤零零的人还可以有艺术的活动，他还可以欣赏他所居的世界，他还可以创造作品。善有所赖而美无所赖，善的价值是"外在的"，美的价值是"内在的"。

不过这种分别究竟是狭义的。就广义说，善就是一种美，恶就是一种丑。因为伦理的活动也可以引起美感上的欣赏与嫌恶。希腊大哲学家柏拉图和亚理斯多德讨论伦理问题时都以为善有等级，一般的善虽只有外在的价值，而"至高的善"则有内在的价值。这所谓"至高的善"究竟是什么呢？柏拉图和亚理斯多德本来是一走理想主义的极端，一走经验主义的极端，但是对于这个问题，意见却一致。他们都以为"至高的善"在"无所为而为的玩索"（disinterested contemplation）。这种见解在西方哲学思潮上影响极大，斯宾诺莎、黑格尔、叔本华的学说都可以参证。从此可知西方哲人心目中的"至高的善"还是一种美，最高的伦理的活动还是一种艺术的活动了。

"无所为而为的玩索"何以看成"至高的善"呢？这个问题涉及西方哲人对于神的观念。从耶稣教盛行之后，神才是一个大慈大悲的道德家。在希腊哲人以及近代莱布尼兹、尼采、叔本华诸人的心目中，神却是一个大艺术家，他创造这个宇宙出来，全是为着自己要创造，要欣赏。其实这种见解也并不减低神的身份。耶稣教的神只是一班穷叫化子中的一个肯施舍的财主佬，而一般哲人心中的神，则是以宇宙为乐曲而要在这种乐曲之中见出和谐的音乐家。这两种观念究竟是哪一个伟大呢？在西方哲人想，神只是一片精灵，他的活动绝对自由而不受限制，至于人则为肉体的需要所限制而不能绝对自由。人愈能脱肉体需求的限制而作自由活动，则离神亦愈近。“无所为而为的玩索”是唯一的自由活动，所以成为最上的理想。

这番话似乎有些玄渺，在这里本来不应说及。不过无论你相信不相信，有许多思想却值得当作一个意象悬在心眼前来玩味玩味。我自己在闲暇时也欢喜看看哲学书籍。老实说，我对于许多哲学家的话都很怀疑，但是我觉得他们有趣。我以为穷到究竟，一切哲学系统也都只能当作艺术作品去看。哲学和科学穷到极境，都是要满足求知的欲望。每个哲学家和科学家对于他自己所见到的一点真理（无论它究竟是不是真理）都觉得有趣味，都用一股热忱去欣赏它。真理在离开实用而成为情趣中心时就已经是美感的对象了。“地球绕日运行”“勾方加股方等于弦方”一类的科学事实，和《密罗斯爱神》或《第九交响曲》一样可以摄魂震魄。科学家去寻求这一类的事实，穷到究竟，也正因为它们可以摄魂震魄。所以科学的活动也还是一种艺术的活动，不但善与美是一体，真与美也并没有隔阂。

艺术是情趣的活动，艺术的生活也就是情趣丰富的生活。人可以分为两种，一种是情趣丰富的，对于许多事物都觉得有趣味，而且到处寻求享受这种趣味。一种是情趣干枯的，对于许多事物都觉得没有趣味，也不去寻求趣味，只终日拼命和蝇蛆在一块争温饱。后者是俗人，前者就是艺术家。情趣愈丰富，生活也愈美满，所谓人生的艺术化就是人生的情趣化。

“觉得有趣味”就是欣赏。你是否知道生活，就看你对于许多事物能否欣赏。欣赏也就是“无所为而为的玩索”。在欣赏时人和神仙一样自由，一样有福。

阿尔卑斯山谷中有一条大汽车路，两旁景物极美，路上插着一个标语牌劝告游人说：“慢慢走，欣赏啊！”许多人在这车如流水马如龙的世界过活，恰如在阿尔卑斯山谷中乘汽车兜风，匆匆忙忙地急驰而过，无暇一回首流连风景，于是这丰富华丽的世界便成为一个了无生趣的囚牢。这是一件多么可惋惜的事啊！

朋友，在告别之前，我采用阿尔卑斯山路上的标语，在中国人告别习用语之下加上三个字奉赠：

“慢慢走，欣赏啊！”

光潜

1932 年夏，莱茵河畔